The World Is Good

With The Name Of God

The Mystery of the Cemetery

Sadigheh Javidi

SIRAF
publishing
& Arts house LTD

The Mystery of the Cemetery

Printed in Great Britain

Copyright © 2021 Sedigheh Javidi.
All rights reserved.
Cover design by Samaneh Milani.
Book design by Javad Anabestani.

Published by

SIRAF Publishing & Arts House L.T.D

Suit 1, 105-109 Sumatra Road, London, NW6 1PL, UK

ISBN: 978-1-8381591-6-0(sc)
ISBN: 978-1-8380840-8-0(e)

sedigheh Javidi is the author of *Dying needs mood* and *Rosary of love*. She was a teacher for many years. Sedigheh loves children and has several children's books, some of which have been translated into Englash.

Fandogh and Gandomak and *Sea Monster* are of her books.

Note of Mostafa Rehmandoost

I read your story.

You reminded me of my adolescence and student life when I and some of my friends were in love with Port Abbas and Bushahr and its charismatic sights and stories.

Everything we saw either had a story, or we could make a story for it.

It seems "Stream of Consciousness" is not a modern creation of the world of storytellers; rather, it is the inevitable result of many tangled and intertwined fantasies about the beach.

Although the Mystery of the Cemetery does not have much scent and atmosphere of the sea and son of every other part of this soil can be lover killer from the beginning, but it does have a complete eerie feel and taste of port folk tales.

I am not a son of the sea. I was born in a mountainous area. But when I attended the dissertation defence session of a thesis about the thoughts and illustrations of my poems, I was surprised to hear from the dissertation writer that I paid much more attention to the sea, the waves, etc. Because every child is a transparent stream of water for whom I thought of the ocean.

let's move on,

Mystery of the Symmetry is a conspicuous and engaging story, and It has an interesting rhythm that does not slow down throughout the story.

It started well and got better with no unnecessary details; it is well-made and well-executed and commendable in every aspect.

I would Just pry and say something that is not out of resentment.

Now it has become a part of nature for someone like me who has been thinking about children for over forty years.

Like children, I wouldn't say I like the themes of many contemporary southern tales that, contrary to the common beliefs of the people of Bandar Abbas, revolves around the main idea of cultural poverty and endless grief.

Cheers, joys, and eyes full of hope and fear fixed on the sea anxiously waiting for their love to get back to them as well as the romantic secrets and small joys of this type that abound in southern folk literature, are rare in contemporary stories.

Note of Minoo Farshchi

This story "Mystery of the cemetery" is a significant addition to modern-day fiction in the mode of "The stream of consciousness". While I was reading the story, the atmosphere that is created in this story and the room of "Shazdeh Ehtijab[1]" with the unpleasant smell, cracked walls and picture frames that had been undermined by termites, on the walls of the room of Shazdeh, in the masterpiece of late "Hooshang Golshiri[2]" simultaneously was running through my mind.

The story "Mystery of the cemetery" starts with the charming scene of the coffee shop and the innkeeper is the first narrator of the strange tale. An eerie and enigmatic tale in the purgatory of doubt and certainty creating a great deal of interest in the mind of the listener so that he could sit with patience and follow the story carefully so that he could understand the story completely.

Her first story is the story of strife between Murad and

---

1 Author Houshang Golshiri. Publication date, 1967.Translated into English by James Buchan, and French.

2 He is Iranian fiction writer. He was one of the first Iranian writers to use modern literary techniques , and is recognized as one of the most influential writers of Persian prose of the 20th century.

Gholam to impress Naib's daughter that goes with an unpleasant end and the physical encounter of both the swains lead to injuries along with permanent disabling of the part of Murad's body and this intense and fierce start gives a sense and awareness to the reader that gradually he will be witnessing the complicated layers of this complex and eerie story. All its mysterious layers individually have the complete charisma of the story and allure the reader. The point of attraction that is evident in the whole story is that the ending of love is unhappy. Love is left unfinished or has a tragic ending. Love of Ghulam and Murad with Naib, love of Abdi and Jiran, and others. Even the greedy affection of the woman who was the administrator of the department of newly born babies of the nursery due to her bullying behavior, babies that are a sign of life are not born and if they born, yet they are not destined to live a life. I am pointing out that influencing yet doleful scene of the death of all the infants of the nursery, in which all of them died due to the drinking of milk that boiled in a kettle in which a lizard had also been boiled. A scene with just a brief look shows the relations of the personnel that are appointed to the care of the infants and forms a sequence that individually can be a great short film. I am abstaining from giving the details of the story, but I cannot overlook the circumstances of place and time in which the author has been living. The author that belongs to Bushehr with the experience of growing up in a war-torn area and living in the time of eight years-long war between Iran and Iraq every aspect of her life runs through in her mind. I have read somewhere that, at the time between world war one and two is considered the time of growth and rise of the modern art. Feelings of insecurity and distrust regarding the outside world were the motives that they turned to their inner abilities and started a journey toward the unknown world. "Stream of consciousness" is a production of physical and spiritual insecurity and in difficult circumstances still provides a shelter for the author. The style "stream of consciousness" could be sensed and perceived in the work of literature of Virginia Wolf and William Folkins and James Joyce. In Ulysses of James Joyce that is considered the most salient example of this style, "stream of consciousness" fascinates the reader with its sudden starts and accidental endings. Sentences that sometimes appear irrelevant are described and elaborated in another part of the story. In the story, "Mystery of the cemetery" love is the secret of connection, a connection between people, incidents, and events, while love for the author himself is fascinating as well as unfamiliar. The author along with the fascination and charm to discover this phenomenon with setting aside the standard writing style sets to look for it in the darkest and farthermost corners of the mind, so the result is this beautiful and compelling story.

With all my best wishes for Ms. Sadeeqeh Javidi, a competent and efficient author, I hope that in the future, more of her works will be available for the public.

The Mystery of the Cemetery

"It seems, he had intruded into their privacy"

He put his feeble and skeletal hand on the edge of the seat, stretched his back, and sucked the fragment of tobacco that had been completely damped and spit it out in the brambles behind his back, and repeated his words in a more clear tone.

"he had invaded their privacy. He should not have gone there. People tried to convince him, but he didn't care. He was aware of his step."

The gardener was confused. The innkeeper was looking at Murad from behind the decorated hookah pipe, with his small sheep like eyes.

"look…" The innkeeper said.

The gardener followed his gaze. The rays of the midday sun scattered across the coffee shop. Smoke and fumes of hookah and pipe were crawling up toward the roof. The gardener looked at the face of Murad through the beam of sunlight. He was weak and meager. His right foot was carrying all his body weight while his left foot was limping.

The innkeeper continued:

"People say it is love after all, but to me it is stupidity"

He crushed a sugar cube with his teeth and took a sip of tea. Murad had taken the neck of a hookah into his hand and was bringing it to the table, opposite to him. Now the gardener could see him. It was obvious that the eerie word of the innkeeper had scared him, and he was not getting the point and this situation was making him more concerned. In this situation, while his eyes were fixed on Murad, he asked him: "why after all?"

The innkeeper placed his hand on one side his side, while making it support for his body, brought his mouth near the ear of the gardener, while it was still smelling the tobacco.

"he and his friend were fallen in love with a girl. None of them agreed to give up. It was looking obvious that soon there will be blood. They agreed upon fighting so that the looser would forget her."

"well…"

And he was waiting for ...

It was fourteenth of the moon and the moon was full and a dark cloud had covered it.

All the boys went to the decided place. Everyone stood near the wall of the cemetery that was behind the line of lifeless trees. Now Ghulam and Murad had to go for a competition to prove their masculinity in front of Nayb. The Wall of the cemetery was not high. It was high enough that if they had stretched themselves on their toes, their hands could have touched the edge of the wall. Both took their slippers off. Since it was decided, they exchanged their slippers and with all the animosity they had with one another, they threw them. It seemed like the darkness of the cemetery's wall, swallowed the slippers that even no one heard the noise of their falling. Hossein, who was the youngest of all the boys, took a few dried twigs from the ground and concealed them between his corpulent hands. the palpitation of the hearts of all the boys could be felt from their anguished eyes. It seemed their hearts stopped beating and were looking quite anxious.

"Whosever has the longer stick will be considered first …" Hossein said and pointed toward the boys with his hands that seemed frigid like the dead man's hands.

"I am going to count. One… one and a half…."

"two… two and a half…" others joined him too with their startled voice.

Murad and Ghulam both were anxious and gasping. It seemed they were standing there for ages. and the echo of the voice that was getting close to "three…"

"three…"

They held out their hands towards the twigs and reluctantly touched the tip of the twigs and pulled one of them out. Anxious looks fixed to the hands that were raising tremulously, to evaluate the length of the twigs.

Murad's twig was longer. He could not believe that. He measured the length of it with his hand. When he raised his head, everyone had gone. The fear rose in his heart. Now he realized, how naive he was. It was full of the disturbing roar of the wind and a howl of a starved wolf, which probably was trying to hunt down a miserable chicken or a lamb, roaring up in the sky. The voice of his breath and the breath of the dead ...

"Damn the love..." he said to himself.

He could not go back. He did not want to get embarrassed in front of the felloes, the next morning. He organized his thoughts. Darkness, like a nightmare, had covered him, and he was feeling the cursed wall of the cemetery, like a heavy stone on his chest. He felt he is being swallowed up. He took a step forward. When the smell of walls' cob reached his nose, it felt strange to him This was not the first time he passed by ...

He took the second step forward. There was the sound of crickets moaning, and the crushing of the withered branches that remained under his feet.

With every step forward, the wall stood tall in front of him.

The dark spots of the wall holes seemed deep. Now he was exactly against the wall, then plunged his foot into a hole and lifted himself.

For a moment, the dim moonlight lit up the courtyard of the cemetery. Withered branches of trees that were intertwined and Ruined and collapsed graves, and the wooden door of the funeral home's bathroom that was wobbling on its moldy hinges in the dark clung to his eyes.

Fear gripped his arms and legs. In the middle of darkness, in the middle of the tombs, which were not less than twenty, he found one of the pairs of his slippers. He climbed the wall and slid down to the other side. The cemetery's soil seemed heavy. It was as if the swamp was swallowing him. The loathsome cold that was piercing the soles of his bare feet, made him tremble and because of the fear, his whole body was shivering. He was barely swallowing the feverish air that was stuck in his throat and walked slowly. He did not want to wake the children.

The infants were restless and uneasy. Their cries were echoing in the hall. The impatient and angry nurse took the phone away from her mouth and yelled,

"Go and shut them up"

Then she gulped the glass of cold water, she had in front of her and continued talking on the phone.

Ms. Kheiri shook her heavy and bulky body. Just like a partridge, short, fat feet of her took her to the hall. When the door opened, A wave of screams and cries poured into the office. Kheiri closed it immediately, but the nurse had got furious.

The hall teemed with urine smell and iron beds. The infants were screaming and crying with eyes that no longer had tears. Kheiri seemed to be deaf and tardy. She was walking lazily and approached a room that had an opening in the hall but had no door.

The room was asphyxiating. There was no airway except for a hatch near the ceiling that did not allow enough odor and moisture to penetrate. Kheiri lit a fire under the kettle and placed a basket full of mucky milk bottles with the worn-out nipples, that loosened up to an inch, on the table. She opened the lid of the powdered milk bottle and poured three cups into each jar. Light steam was coming out of the kettle tube. Kheiri picked up the kettle with a worn-out cloth and poured six measuring cups of water into each jar.

Starving infants clung their hands and feet to the milk bottles and started sucking milk out of the long head of them greedily. The noise of drinking milk was everywhere in the room. Drops of milk were falling from their little lips to the depths of their necks on the mattress that was covered with a nylon cover and a shabby sheet.

The door closed with the noise of infants. In the evening, Kheiri woke up from her afternoon sleep and went to the infant's room. None of them was breathing anymore.

Now there was a nurse, a reckless handmaid, and more than twenty deceased infants.

They covertly put the infants in the back of the van, covered them with a thick piece of sheet, and at night, they moved from the city to a nearby village. The cemetery was dark and gloomy, and the rain did not seem to stop. A few gravediggers were putting the water out of the small graves. The driver of the van came out and, with the help of gravediggers, buried small bodies in the burial pits. They poured dirt and placed a stone as a sign so that the shovel of another gravedigger might not lay on the belly of these little ones.

Early in the morning the case of the orphanage and the kettle of boiling water and the lizard, that boiled in the kettle and poisoned the infants, was closed.

Murad was walking in the middle of the damped and hollow graves. While he saw one pair of his slippers, his heart clung to his chest in fear and seemed it would come out of his mouth.

His attention was focused indeed but didn't realize how a sharp piece of broken glass pierced the soft skin of his foot and made him cry. He put his left foot slipper in his right foot and carried on walking with a limp.

"His limping is due to that incident?" asked the gardener.

The innkeeper shook the pipe of hookah under his lips and said,

"They made him suffered… in the morning he was found by a shepherd, who was tending his flock to a nearby hill. Injured and wounded. They had broken his shinbone from several places."

"Who were they?"

"Those who are from the cemetery. I don't know much. The souls of children, or probably the goblins, or maybe…"

Murad was now approaching them. He was holding a small copper tray and was looking elderly and exhausted rather than a nineteen years old boy. He reached their table.

"maybe what?" asked the gardener.

"Maybe … the devil"

The innkeeper called Murad with the motion of his hand.

"They deafened him," said the innkeeper.

Murad sat down on the edge of the bed and reached out to collect the empty cups. The gardener was watching him with curious and frightened looks.

The thing that he was not understanding, The souls of children ... goblins ... the cursed cemetery ... Until now, he was sure that these were superstitions, but now ...

It was as if an earthquake had shaken all his beliefs and weakened their foundations.

While Murad had just put the cups in the tray, the innkeeper grabbed his wrist and said to the gardener, "Look at his mouth."

Murad opened his mouth on the gardener.

The gardener trembled, for he could not bear it and closed his eyes and turned his head. His heart sank, but he tried to look calm.

He put away the bowl of kallehpacheh[1]. Seeing the tongue of a sheep reminded him of the Murad's half tongue. It was a long time that he had not tasted kallehpacheh. The innkeeper knew that even though he put the bowl of kallehpacheh in front of him to dissuade him perhaps from his decision.

But the gardener had to see Mirza. Now he could not

---

1   Food made with sheep's head.

sit idle and jobless. he could not be a footman for the people. He came out of the coffee shop, perturbed and angry. In the square, he sat by the blue pond situated in the shade of an old tree. He held his head between his hands and started contemplating. He tried to remember the old days. When he used to use the shovel with his father, who was a brave man of the village and used to open the way for the streams to their garden. The water that flowed at the foot of the trees and used to cool their roots along with all this, his heart used to feel happy.

"Come on, dear!" Take these fruits to aunt Kulsoom's house, let the orphans eat them. There is a reward. »

We'll be blessed. With his small seven-year-old hands, he took the basket from his father. As he was passing through the alley of the garden, he saw the Khan's orderly. He said hello but didn't get the answer. He was a homeborn servant of Khan and used to feel like a son of Khan. The orderly snapped with a scowl. Sabir got panicked and said some nasty things to him in his heart, grabbed the basket with both hands and, ran away.

His father was sitting by the creek, washing his strong, calloused hands in the water. The Khan's orderly was behind him and intimidating.

"Khan needs the land of this garden and will pay for it." Khan's orderly said.

His father said obliviously,

"He can take it by force if he wants to."

Father performed ablution and dried his face with the turban tied around his waist.

"I am saying something to you! Don't you listen?"

Father, with all his hatred for Khan, stood up to the position of the orderly and said, "No"

Black smoke had darkened the sky.

While Saber was returning from ant Kulsoom's house, saw that there was neither a gardener nor father.

He pulled his head out from his hands. His cheeks were red. He washed his face with pond water and leaned his head against the tree. The reflection of the tree sat in the frame of its rainy eyes. The cool breeze that was blowing under the shadows of trees cooled him down. An idea came to his mind. Everyone said,

"don't go".

If it were one or two people, he would not have cared, but... He was born a gardener. He knew how to water the trees and irrigate the lands. When he used to saw the buds, he used to get excited and happy. He used to measure the height of the flowers, count the small buds, and grieve with the old trees every day. Now unfortunately he had been affiliated with this village. It was only under the shade of the garden wall that he did not feel homeless. He wished God may have guided him. In this way, he used to feel satisfied. He looked at the pond. The faint shadow of the tree had fallen on the water. The water looked clear and fresh. It still was smelling of streams and springs. He closed his eyes and leaned his head against the tree. It was dark. At first, he couldn't hear a voice, but after a while, the voices started to come. The sound of water running through the roots. The sound of the rustling of the immature buds playing with the breeze. The sound of the breathing of the old tree was imploring...

He Heard the imploring of the tree. He opened his eyes. The tree had sacrificed a small sprout in front of the gardener when he needed it ...

The shadow gathered under the foot of the tree, and the sound of noon prayers had spread in the village. The smell of fresh bread was not coming yet. Assistant of the bread maker placed a heavy iron pan on the flames of the furnace. And went to the store to reduce the body heat with the fan wind. Mirza also put a small lock on the money drawer and...

The gardener was upset. His breath was hot and shallow like a Sankag bread.

He repeated his words. Mirza's wet and sultry eyes were locked on his son's picture. Probably twenty-two years old.

"help yourself, don't worry you will not owe me anything," said Mirza."

The gardener who was busy in his thoughts and still had his eyes placed on the small iron lock of the money counter was taken by surprise.

"Salaam! Aagha[1]"

1   Sir.

"Alayk Salaam! are you lost? What are you thinking about?

The hand, on which Sangak bread[1] looked heavy, was still waiting. The gardener plucked a piece and started walking along with Mirza. Mirza's house was nearby. They were passing through the corner of the street, five houses away, an old wooden door.

Before he got there, he had to talk.

Mirza's tiny eyes were looking for him behind the round frame of his magnifying glasses.

"Say, dear, what do you want to say?"

"Aagha! for God's sake do not say, no". He assumed; he spoke aloud but didn't get the answer. When he looked up, he saw the faded looks of Mirza, who was still waiting.

"Aagha! do not say, no. I promise..."

Mirza's steps slowed down. The weight of the Sangak bread on his hands bent his elbow and he sat on a ramp next to the house. It was as if the world was falling apart for him. He started recalling his Habib.

The garden was quiet and prosperous. Habib was putting apple boxes in front of Mirza's feet and complimented with delight. Mirza used to appreciate his son's stout physique and strong arms and liked him very much.

"This grotesque back wall has cracked and needs to be repaired."

---

1   A kind of bread.

Mirza was heavy-hearted and dejected. His eyes widened and he was speechless. He wanted to say, "no" but he couldn't. Habib's shadow was moving like a ghost in front of him. It seemed it was in agony. Mirza could hardly see, his Habib is smiling and polishing a big apple with his clothes in fixation.

"Let Ra'na eat this, so our child could be beautiful."

Mirza looked in Habib's eyes.

Habib smiled and put the apple in Amirza's palm and took the boxes to the cart. Less than ten days have passed since Habib disappeared, Mirza started suffering from anxiety.

"The garden has been unattended for four months!"

The gardener stuttered.

"I ... I know if your son was there, he would not ... I promise to you that I will make it prosper until Habib arrives."

He stood there in waiting. Mirza was not raising his eyes. The gardener was baffled. He wanted to read his mind. He knelt on the ground and stared into Amirza's eyes. Mirza's breathing was shallow. The gardener was extremely grieved over the disappearance of Habib and again had upset him. He bent down and kissed Mirza's foot. Mirza saw the Burly body and the strong shoulders of him from behind the round frame of his magnifying glasses. Tears streamed from the corners of his eyes to the wrinkled grooves of his face. He caressed the gardener's black hair. It was as if he was his

He caressed the gardener's black hair. It was as if he was his Habib, his son.

The amount of weed was seemed heavy on the hearts of the trees. He knew this from their shortness of breath. The wooden door of the garden stood in front of him. He looked at the hinges of the door that was full of dirt and debris and despondency and loneliness.

Termites had destroyed the foundations of its wooden frame and made holes in it. He spun the heavy iron key in the door's keyhole. The wooden latch squealed and went back. The gardener pushed open the door. It opened with difficulty. The back of the door was full of withered branches and unripe fruits that had not yet seen the colors of life but had met to their ends.

A spotless black snake with a length of an arm trying to escape. The gardener accidentally had its tail under his foot. When he raised his foot, the snake disappeared. The gardener took a step forward and looked up. The roof of the garden was full of thin twigs that were tied together like the figures of a paralyzed man. The sunlight was barely coming through them to the garden floor. He was hopeful. He knelt and picked up a piece of clod. It still had the smell of life.

He assessed the depth of the cracks. They had not reached the heart of the garden. He sensed the pulse of the trees through the semi-yellow buds. The smell of the water was giving a new life to the garden. He had to look for it. There must have been a well. But where? He did not know. he tied a turban around his waist and gathered some withered branches, found the well. He cleansed and tidy up everything. The garden came to life and sprouted.

It was the early hours of the night. The sky was cloudy and stormy. Thunder was terrorizing his heart and the lightning of the storm was terrifying him. A storm coming from the direction of the cemetery had the smell of the corpses and was smashing itself against the doors and the walls and was disappearing in the darkness of the trees. The shadow of the trees had fallen on the opposite wall and was blowing with the wind. It was coming to the edge of the arch and going back again. The arch plaster was damp and cracked. A black spot of the lamp's glass had darkened the wall. The flame of the lamp was red. A black thread of smoke coming out of the lamp's glass and was disappearing into the darkness. Everything in the room was trembling with strange terror. The gardener crawled into a corner, crouched, and stared at the streaks of soil that were coming in from under the door and window seams. The frightened branches, whose reflection had fallen on the plaster wall and Nimdar, were terrorizing him. He was feeling cold to his bones. It was as if the cracks of the thatched walls had opened their mouths and whatever dampness and cold they had, spitting in the room. The wood-burning stove had become useless and his wandering eyes were watching scant flames, and scary shadows, and the dirt that was coming from under the door.

"lest the flame go out"

The storm soon became blustering, as if it had a grudge. The strong winds of it were hitting the doors and walls of the garden and as if it was slapping the faces of the trees. Suddenly a terrible sound shook the gardener's whole body. It was so fast that for a moment he lost his consciousness. . His eyes were moving fast all over the room in the darkness. Bewilderment and blindness were afflicting him. It was his habit. If he knew, he would have calmed down. His eyes first fell on the broken glass and the intrusion of the dust of the graves of the dead, which now was entering without turn, then to the last breaths of the half-burnt wood of the fireplace and then on something that had the reflection of the light flame. The wind had banged the branch of a tree that till that time had been knocking the door, on the glass window and it had been broken and the pedicel of the branch had been cut and thrown a scratched apple in the middle of the room.

He saw a scratched apple and surprised. He had picked the same sized and kind of apples from the tree in fixation and polished and put them in a box. He glanced at the box. The nail that protruded from this side of the box was to blame. He put the apple in his waistband and picked up a piece of stone and nailed it so hard that it would not hurt any more apples again. Now he could knock on the door. He gently knocked on the door a few times and waited. The weather had cleared. A few pieces of a white, rogue cloud were gliding over a gentle breeze and it seemed soon it will rain. When he was a child, his pigeons used to copulate in this weather.

"I wish ..." he said to himself.

The sound of gentle footsteps approaching from behind the door. His heartbeat quickened. Meanwhile, His gaze fell on the apple under his waistband and got concerned. he wished there was a little time left for him to prepare himself. He felt dismayed. He pulled the apple out of the waistband, didn't know what to do with it meanwhile his gaze fell on the end of the alley and saw a boy, who was wearing a pair of torn slippers, coming towards him. The boy had a finger in his nose, and he was enjoying pulling something dry out of his nose.

"Hey boy." He called with a wave of his hand. "Come on..."

The child was shocked and immediately pulled his finger out and rubbed his itchy nose.

The gardener threw the apple at him.

"catch it"

The apple rolled in the air and fell in his palms. The gardener took a sigh of relief.

The sound of footsteps from behind the door that was getting closer suddenly stopped. The door latch came out of the ring and the door opened to the length of a stretched hand.

The gardener said hello with abashment. He was looking down and he could only see the tip of his green slippers and two or three of his toes, which he had probably dyed with henna a long ago and now only a little of it remained.

"salaam" the girl answered.

Her soft, velvety voice spurred his heartbeat. He got a little confused and paused a little. It took him a while to come to his senses.

"issss... Mirza there?"

He had seen her anonymously before. With a Decent shape and height, she was wrapped in a shawl, that had some lotus flowers printed on it. The same day he got" yes" from Mirza And Mirza fainted and sat on the platform next to the house And the girl took him from under his arms and carried him inside.

"what do you want from him," asked the girl.

"I brought him some apple."

Now she had to go through the front door to call Mirza

The gardener could feel his heartbeat. He was very anxious and had a strange and sweet expectation.

Rana passed by him. Her cheeks were blossomed like a ripe apple and had hidden the dimples that she had under her eyes. Seeing her, the gardener's heart collapsed. An unparalleled joy had gripped the middle of his heart. He wiped out his sweat drops from his forehead. He lowered his head and took the breath that had been stopped for a while out of his chest and passed a smile.

The flames took their last breath and went cold. The darkness had spread all over the room and it seemed like he is inhaling it in his lungs. It was suffocating and it was difficult for him to stay there like that He got up frustrated.

A horrible sound like as if an ax cutting the veins and roots audible in the groans of trees. The gardener made a way out for himself to get rid of the sharp wind that was coming in from under the room's door.

It was raining heavily. Darkness was rippling and engulfing everything. Abdus leaned his ax against the wall. He hung his woolen cloak, which was damp and had a pungent smell like camels, on a nail that was on the side of the door. The woman reduced the fire under the kettle with copper pliers. And he covered the potatoes in the fire with hot ashes. Masoumeh liked the roasted potatoes very much.

"good job"

When she raised her head, he felt butterflies in his stomach.

"So where is Masoomeh?" She asked.

Abdus, startled and looked at the woman in shock drying his head and face with a soft towel.

"what do you mean?"

The woman was appalled. The plier fell from her hands

and she couldn't utter a word in anguish.

"He came to the carpenter's door; don't say he didn't come!"

Abdus, who was confused, hit his head.

"who?"

"It was evening when he came, I said it was raining," she said.

She had not completed her words.

Abdoos put his cloak on and came out of the house with a lantern in hand.

He was furious and was screaming.

And like a nightmare, his screams were fading in the thunder of the rain.

His larynx was sore until his voice reached behind closed windows. The woman ran after Abdus and she was crying continuously. she was writhing and crying like a snakebitten.

When Abdus saw her, he shouted: "Why are you coming? Didn't I tell you to stay?"

He was furious. His angry looks fixed her right there like a nail. The woman banged her head on the door frame and the sound of her cry ripped the heart of darkness. The news of Masoumeh's disappearance spread in the village in a blink of an eye and the ground in front of the house got full of people. Men with their lanterns and women to console them, gathered around Abdus and Khatoon. When the men had left the house in search of Masoomeh, Khatoon couldn't stand it, she ran out of the house and started following them barefoot and got lost in the darkness. The shouts of the men were echoing through in the darkness of wind and rain. The darkness and clouds were very dense and terrifying. Abdoos was in front of them and the other behind him carrying lanterns were looking for her everywhere.

The gardener had now reached the garden door. The garden looked strange and unfamiliar to him, but he knew the way through the garden. Near the gate, he came to know that Abdoos' daughter had gone missing. He got worried and distressed. The girl was seven years old and had a black goat that she loved very much.

Yesterday, the gardener himself mended the goat's silver bell, which was no longer ringing. The girl when she was passing through the village square was moaning and frowning and was not paying attention to anyone. He was holding the bell while the goat was running after him, as it approached the beadmakers, it changed its way and went under the counter tray and ate the crumbs. The gardener had just delivered the box of fruit to Mirza's house.

"could you fix this?"

The girl asked with her eyes fixed on the gardener's strong arms.

The gardener took the bell from her hands. Its upper

ring, which was attached to a silver ball, was twisted and had hardened the ball and was not letting it move. He sat on the ground crossed legs.

Now the girl was looking at the bell. The gardener grabbed the bell with his feet and turned the ball and released it. The girl smiled.

"you did me a great favor, thank you, now I will not lose my goat"

The gardener couldn't stand it, out of compassion and sympathy he went after the people who were looking for Masoomeh. Maybe he could find the girl.

Now in the dark along with the barking of the dogs and thundering, cries and screams were also could be heard. They searched under the arches, the corners of the walls, next to the trees, and wherever possible.

Suddenly Safdar shouted.

"Abdus ... come ..."

The lanterns ran towards the call with their carriers. It was not because of the cold, but of the damn rain that was continuously pouring right from the start of the night. His shoulders were not under the woolen cloak that his wife, Khatoon had made for him. His heart was beating rapidly. Khatoon, who had anonymously and without a lantern coming behind them, stepped fast. The shadow of Safdar was moving in the dark. It was as if he sat down and picked up something from the ground. Now Abdus had reached to him. Due to the haste to approach, he had lost his woolen cloak. Muscles of his body were visible under his wet shirt. In the light of the lantern, his body was looking bigger than ever. Abdus raised the lantern and Safdar turned his back

And what he had taken from the ground brought in front of the light. It was Masoumeh's yellow scarf that had now changed the color. bloodstains on the scarf were wet. And yellow, purulent blood plasma was dripping down from its embroidered border. Abdus could not bear it. It was as if his heart had been torn, He knelt and sat on the ground and hit himself on the head in sorrow. Now the light of the lantern around him, showed his bald head enduring the heavy blows of his hands. Khatoon was standing there behind them. She did not have the courage and strength to come and see.

"Come on ... here ... I found her."

It was Raza Mashhadi.

"Her goat is here too."

They took Abdoos from under his arms and brought him towards the voice. The gardener was getting in a sweat. He hurried up to reach there.

He wanted to find the child and take her in his arms to take her to Hakim as soon as possible.

He was not expecting this...

The black goat had hidden in a corner, in the corner of the wall, in the dark. and was trembling like a willow. On the other side, the night bitten body of the girl sat in the gardener's wet eyes. The scene had made his blood run cold. He had fallen on the ground. A sharp-edged stone had ripped her head. She had perished near the wall of the cemetery.

The gardener was always buried in thoughts of the mystery of the cemetery. If Murad had the tongue and were able to say something...

You should have understood. He had heard about the devils and demons. God bless his mother knew many of them. She was a midwife. She used to say that a woman in labor and a child who is still not forty days old should not be left alone. They steal the woman's liver and change her child with somebody else's. He had seen that the colored robe of the woman in labor was taken away and when brought back it had bloodstains on it like the five fingers of a hand and the woman lost his life.

Aqaash also used to say, "don't go near the grave that doesn't have Bismillah engraved on it. There was a cemetery here a long ago and after some time they set up a funeral home there. The Kunar tree behind the bathroom is a place for goblins."

The funeral home was muddy and old and was not very high, most of which was underground with a vaulted roof and a few air vents on it. The Kunar tree behind the bath was old too. It was such an old tree that it had grown roots on its stem and looked like an octopus. Its branches were full of amulets, spells, locks, and chains. People who wanted to get their wishes fulfilled, used to bring some sweets under the tree on Wednesday evening. They used to light candles and aloes. The young girls and boys used to dance and clap and at the time of sunset when the weather used to get cool, the women used to take their children and saying "Yaa Ali" used to come back. According to their belief, the goblins eat the sweets and light the aloe and have a party and rejoice and don't harm the people.

The sunshine came in from the edge of the window and it reflected the broken glass and its cracks on the felt of the room's floor. The gardener, who was not asleep and was shivering had cowered and was lying on his side in the sunlight in a way that his back was against the window. He was staring at the stinking wood of the hearth and the thoughts of Murad were scratching the surface of his mind like an unsharp pencil. The heat of the sunlight was slowly increasing, and the gardener was feeling it on his wet body. When his body dried his shivering ceased. Thoughts of God blessed Mulla Ali came into his mind, why? He didn't know. Probably…

If he barely has known something about reading and writing, it was all because of the endeavors and efforts of Mulla Ali the scribe who, had placed his counter at the end of the Bazar and used to write petitions and applications and Sabir was his assistant. After the death of his father, he came into the custody of Mirza and this assistance of him became the means of their living. Saber also used to put colored beads in nylon thread in the morning. And used to engrave the image of flowers and stars on them. When he had some leisure time Mulla Ali used to teach him reading from a piece of a newspaper, that he had torn to wrap some tobacco, brought from a corner of the shop.

"What is this?"

Mullah's thin and trembling finger, with the rough and disfigured nail, pointed to a word, that had a letter "baa" in the middle.

"baa," Sabir said.

He had memorized the form of the word, but he did not know the initial and the last letter, if he knew, he would have said, "Biyabaan"(desert).

Mulla Ali gave him a piece of a pencil and said,

"every word that has the letter "baa" encircle it"

Mulla was smelling tobacco and sweat and signs of the sharpness of Sabir's teeth were evident on his body.

The gardener rolled over to his left side. And turned his back toward the hearth. Now the sunlight had filled the empty spaces of the room. Broken pieces of glass, on the ledge in front of the window and on the floor, had trapped the light in the beam of red-colored sandalwood of the roof. Termites had made holes in the sandalwood, just like a pencil that injures a young boy with its tip. The gardener was not trembling anymore. Now he just had an inducement from the last night's thunderstorm in his mind. Something like a pencil that draws a line and makes the invisible, visible.

Murad looked at him in horror. Fear was evident in his eyes. His face had gone pale and was trying to swallow his saliva and a strange sound coming out of his throat. It was because of his wounded tongue. The gardener looked at him and smiled but Murad did not. He groaned. He was scared. The innkeeper was watching them from a distance. He knew that all the efforts of the gardener will be in vain. But the gardener insisted. The fear was floating in his eyes.

The sound of his heartbeat was mixed with his breath.

He thought the gardener wants him in the garden as a laborer. But he didn't want to go to the garden. The very thought of the garden used to trouble him.

It was filling him with dread. He was not getting the situation. The gardener reached into his pocket and took out a half-pencil and paper. Now it was his turn to circle the words like Mullah Ali. He put the pencil on the heart of the straw paper. Then he brought the bowl of water and placed it in front of Murad. Murad was baffled. The gardener pulled Murad's closed hand under the corner of the felt. Murad did not want to. The gardener insisted. He caressed his fingers first. As they relaxed, he grabbed them with comfort, and he stared into his eyes with a smile. After a while, Murad's fear subsided, and his pulse calmed down.

He relaxed his elbow and handed it to the gardener. The gardener kindly dipped Murad's bony and bruised fingers into the bowl of water. The water was cold, regardless of the hot weather. Fingers of Murad, they sucked up the moisture and when got completely soaked like the dried tree roots, the gardener picked the pencil and, in the center, wrote "water."

The water that was in the feet of the trees, slowly, was filling the narrow streams and was spreading and was circling the tree stems. The gardener was hearing the water flow. Even though his gaze, like every day, had gone covertly in the cemetery through the crack of its wall, he could tell how far the water has spread in that apple garden.

I wish Murad could. But it was as if his brain was damp and had gone moldy. Maybe he didn't want to learn. It didn't matter anyway. The gardener's gaze fell on the water bucket that was next to the funeral room's well. He remembered that the bucket was fallen on the ground yesterday, but now it was standing upright.

Before he had seen it vice versa.

It was a strange story to him. He had not heard from anyone, but everyone was talking about it.

Mothers in their lullabies, old men in their memories, even when the time of engagement ceremonies. It was nearly thirty years that it had bound all the beliefs of the people like a spell.

Abdi's story was not just a story. It was said that because of his soul's curse Jiran was lost.

It was evening. He wanted to knock on the door several times. This time he put on new clothes and Brought a box as a gift. He had no other wish in his mind. His only happiness was with this girl. He had not fallen in love recently. They had loved each other since their childhood. Jiran was nine years old when Abdi plunged into the river to pick up her hamper and the strong flow of water took him away and Jiran too ran after him until she found him near a rock. Her stepmother used to chastise and punish her. Everyone knew this. Abdi had heard the Jiran crying from behind the wall of her house many times. Some used to say that it is her malignance that her mother passed away at the time of her birth. Her stepmother used to blame Jiran for all of her indigence and destitution and used to castigate her. Abdi was dejected and grieved for her. He jumped into the water for her. The dry branches of the trees and the sharp rocks along the river had wounded his hands and feet. Jiran took off her bright scarf and tore it with her teeth and wrapped it around his wounds. Abdi's eyes were stuck to her forelocks that were waving in the air. Her dried cheeks were getting red and dark marks of the dried tears and grime of her palms, was left there. She was ignoring his looks, for she was shy. Her eyes were on the red wound like her scarf that was still bleeding. She, too, seemed to be in pain, biting her lip and was yelping. Though Abdi was just thirteen years old, he fell in love with her. She raised her head and looked at him with a smile. Abdi felt that he has lost his heart.

The children threw stones at him. Qasim mash'hadi did not use to give him his flock. Abbas' grandmother who used to feed him some time and used to look after him, feared him. She did not know the reason. His only happiness was in the midnights

When Jiran secretly used to come on the roof and used to have a chat with him while he used to anxiously wait for her under the wall. She used to calm him down and give him something to eat.

He could not stand it anymore. It had been a few days since he had heard from Jiran. Her heart was pounding. Jiran's father had restricted him to come near their house. He was not afraid of the punishment for it would not have been for the first time.

He took a deep breath. He knew how to stand firm on the ground and had learned how to endure the slaps of Jiran's father on the back of his head and not to lose balance. He knew that her father is left-handed, and he should be more careful about his right ear, then he knocked on the door. The sound of approaching foot footsteps was coming from behind the door. after a while sound stopped. He supposed

"certainly, have gone to take a cudgel"

The sound came again. It was more than one person. He was surprised. He was standing in a position from where he could see the Jiran's room. Unaware that the Jiran was confined in the storeroom. When the door latch was pulled back, his heart started pounding. He prepared himself. When the door opened, the hefty figure of her father and her uncles were standing in front of him. They were livid and wrathful. They were coming to attack him with cudgels and sticks.

Her stepmother had made them mad about him.

It was not clear why they were outrageous. Abdi did not move. He was cursed but he tried to look inside the yard.

There were no signs of Jiran except row by row of wet clothes blowing on the rope in the middle of the yard and the smell of cooking food coming from the kitchen. All he thought about was Jiran. So much so that he did not know when he received the first blow and his world became gloomy. The sky was rumbling, and it was raining, and the darkness of the night was full of voices of men running after him to kill him. His body was aching. The right side of his head was swollen and hot. It was as if the lead was being burned in his skull, the heat of which coming out of his ears and mouth with blood clots. He was exhausted and no longer had the energy to run. Through the shades of the trees, he reached the wall of the cemetery. He climbed it with difficulty and stuck his back to the damped wall. He had severe pain in his chest. His broken bones were shivering because of the cold. His mind was full of hatred and disgust. He had gone mad and was crying and was howling like an alone and hungry wolf along with the roars of the sky. It remained like this until the next morning. Jiran's father and the others returned home disappointed not to find him. They wanted to find his body, but they could not.

The gardener climbed the wall of the cemetery. It was the night of the full moon and the clouds had covered the face of the moon. Darkness was all over the place in the cemetery. Its alleys were very congested because of the trees and bushes. Step by step graves and stones and clumps and holes that were going to the heart of the earth. Still, as always, the wooden door of the funeral home was moving on its rusty hinges. Several times he had seen strange things through the crack in the wall, which did not match the words and descriptions of the people of the village about devils and spirits. Once or twice he had sneaked to the funeral home's door, but fear had frozen his arms and legs and he couldn't go further. Tonight, he wanted to figure out the mystery. He dared himself and put his hand on his waist and touched the ax. He was surrounded by several small graves and slowly started taking steps.

It was two years since Murad had awakened them. But now they were asleep peacefully. He could even hear them sucking their fingers. While his eyes were looking for the way in in the middle of the rocks, reached the well. He knelt. The sound of the water always appeased him. He reached the edge of the well and knelt. He wanted to know if he was alive or not. He picked up a stone and threw it into the well. The stone did not reach the bottom of the well and was lost in the small water waves. His heart calmed down. Water had always liked him. Even when it did not rain for several days, he used to stare at the sky and didn't care about anything else, and soon it used to start raining.

Tonight, he was determined to solve the mystery.

Incidents of Murad and Masoumeh, the fear of all the people of the village, the fear that had fallen into the heart of his garden…now it's time to figure it out.

He was going towards the funeral home and had reached near the well. As much as seven steps he went forward. The door of the funeral home was standing on moldy hinges opened with a screech.

The gardener had seen the door open and closed several times, and a dim light that was blinking.

He was scared. He wanted to go back. He had listened to his heart; he had been curious and restless. However, he entered. It was full of darkness. He was petrified and his breath was getting stuck in his chest. Fumblingly he took a candle and a match out of his pocket and lit it. With the light that was piercing the heart of darkness, he could see a slab of stone. The slab had gone black and was slightly broken and wanted a corpse.

It was looking strange and scary. It was as if he saw his own naked body lying on that cold slab. The nasty cold that had filled the room, had passed through his bones. He doubted that he was alive. He put his hand on his chest, he could hardly feel his heart beating. The dim light of the candle had now been spread in the courtyard of the funeral home.

Around the slab was a narrow ditch, the short depth of which was full of dirt and debris and with the feathers of birds that took refuge there in the winter from the cold and follicles of mouldy hair that may have been ripped from the dead. The black leather bucket had been fallen beside it and mothy packets of cedar and camphor were lying next to the decayed shrouds. Under the tree of Nimdar was a bench on which probably family members of the deceased used to sit and mourn on the dead.

A broken wooden comb and pus had been left on the edge of the stone slab. And a grimed washcloth was left on the edge of the stone slab and a piece of soap that had now bee dried like a piece of wood was stuck to the center of that washcloth.

It had been many years since anyone had been laid on it. The ground of the cemetery was replete with snakes and its soil was saturated with the breaths of the dead.

They have left the bones there to rot and the graves to get empty so they could level the ground and plant something on it because the land was fertile and could be very useful. Perhaps it could diminish the fear of the heart of the village. The sound of a soft rustle rose in the darkness. He took a step forward. The breeze that had blown from his movement shook the candlelight. Something moved under the dried leaves next to the stone slab. He couldn't see anything. He went forward and brought the light closer. The old mouse, who was accustomed to the darkness, jumped out of the leaves in horror and looked baffled, it lost itself in the darkness behind the stone slab.

The gardener followed it. But behind the bed, he saw nothing but a piece of a can that was the cover of a dark hole. He sat and touched the piece of can cautiously. It was cold. He pushed it aside. The dim light from the candle filled the opening of the corridor that was attached to the hatch and was going down through the muddy narrow stairs. The gardener was hesitant between staying and going in. He had come to figure it out. He wanted to go in. To the end of all darkness and gloom. He believed that the answer to everything he did not know was there. He had to believe in himself. He should have gone. He took the first step. Second step. Cold moisture penetrated his toes. He shuddered. He thought he should count the steps. He had put out the flame and now was in a cold sweat. With his hand on the sidewall, he was stepping forward slowly. Under his fingers, he was feeling dried and hard twigs that were coming out from the corner and the wall. Sometimes some of these sharp dried twigs perforated his fingertips. He did not want to think that these were the decomposed bones of the dead. The corridor turned and he turned too with it. The smell of rotten meat was all over the place. It had a mildewy smell to it like the stench of human waste. The gardener felt like a dead body with no duties, who was stranded in the two worlds. He seemed utterly bewildered and his head was whirling. He couldn't move his foot. He wanted to get to the bottom. His hands were pulled against the roughness of the wall. He was stick to the darkness and was following the smell of kebab and reached the end of the corridor. He had counted. As much as seventeen steps. The corridor led to a crypt. He took refuge behind the wall and skittered his head and tried to watch closely. The grooves of the blue light of the moon were spread in the middle of it like a handmade rug. He looked up. Part of the roof was broken and was showing the moon of the fourteenth night in the blue frame of the sky. On the other side, a fire was lit, and faint light from the heart of the flames was glimmering like the breath of a dying man. It was as if no one was there and heavy and unfortunate silence was looming there. The gardener had heard Abdi's story. He had also heard the story of fairies and djinns. He kissed the stone of his ring that had been engraved with the words "Ya Jalalash". A chicken was getting roasted and the light of the fire was capricious. The corpses of several rock doves caught his eye that were hung from pegs in the wall. The doves had loosened their wings and had their necks and heads bowed to fate.

Pliers, scissors, and an axe were hung on the wall next to the pigeons. There were some dark stains of blood on the wall under the tools and a big ugly jar under them. Tin bowls and a few pieces of white cloth with impaired threads hung from the walls. The gardener could see one of these things every time the flame came to life. His mind ached and was dumbfounded. The smell of blood, feces, and smoke was very annoying. His gaze fell again on the doves that were hung upside down. One of them was wounded and a drop of blood was falling slowly from his chest and had reached to its head and onto the edge of its beak and was gathered and thickened there and hanging down. The gardener saw how importunately the earth was pulling this drop of blood towards itself. That hanging drop of blood was plucked from the sharp tip of its beak and slowly dropped into the belly of that grimed ugly jar.

He was distraught and was feeling his heart in his mouth. His eyes went black and the sound of a whistle was whirling in his head. He closed his eyes and leaned his head against the wall. He did not digest what was happening. He was not that coward that a drop of blood could have scared him out of his wits. The last time he had faced this kind of situation was when Mirza sent a messenger for him ...

The weather was hot. He was tired and exhausted and was drenched in sweat and lying in the shadow of a tree. The garden's door was open. A young boy who was looking scared entered and called for him. The gardener was startled. This young boy looking like the same boy who was in front of Mirza's house that day with having a finger in his nose and had received the apple from him.

"What is the problem with you," the gardener said with a retort.

The young boy said: "Mirza needs a doctor immediately"

The gardener put his slippers on and ran to get the doctor.

The doctor lived up in the village. He found the doctor and brought him to Mirza's home. Mirza was sitting anxiously on the platform next to his home's door, trembling with fear. The doctor went in. A woman took him to Ra'na 's room. screams and moans were all over the courtyard. Like Ra'na Mirza was too seemed to be in great pain and distress. The gardener sat on the ground next to Mirza. He took the old man's trembling hands and glanced through the thick glass of his magnifying glasses. Mirza's eyes were wet and he was sobbing and whimpering. The gardener was afraid to ask.

"What's the matter, sir?" He asked.

Mirza put his head on the gardener's shoulder and started crying out.

"Mirza! For God's sake please…"

Mirza couldn't rest. He was trembling and shivering like a willow. His whimpering was mixed with the cries of Ra'na. he was worried and confused. He did not understand the cause of Ra'na's pain. In his mind, he was waiting for the garden to bear fruit and tell Mirza the words of his heart that he had not said to anyone.

"nothing to worry about, Amirza!... it is a girl…"

A woman, who was their neighbor, said with delight and went back.

When Mirza heard this, raised his head. The woman had gone. Ra'na's moaning no longer came. Now it was silence all over there.

"It was clear from the woman's tone that they were both healthy," said Mirza.

The gardener lost his wits and his eyes went black. He

felt that he was losing his mind.

Now he was ashamed of himself for what he was thinking. He supposed Ra'na was his daughter. Mirza did not want to talk about his beloved so the gardener till this time couldn't understand that Ra'na was his wife.

The gardener opened his eyes. The smoke of kebab had now reached the corridor. He heard something was being dragged on the ground. He glanced from behind the wall. From the other side of the crypt, a body like a man appeared dragging a wooden chair on the floor. It had a huge shadow as if someone was sitting on that. The gardener did not understand why he couldn't notice them. Maybe they were in the darkness of the corner of the wall or maybe the bottom of the crypt would open somewhere else. The man pulled a wooden chair to the middle of the spotlight. Moonlight, pouring in from the ruptured roof, had covered the whole figure of the woman. The man brought a bowl of water and a piece of cloth and sat beside the woman. The woman's gaze was lost and motionless. She was staring in the space. the man was staring at her lusterless face with affection. He pulled away the tangled hairs of her that had covered his face that had suffered from vitiligo. The woman still did not move. The man washed her face with a wet cloth and kissed her knees and returned to the flame.

The gardener took refuge in the darkness. The man sat

by the flame and turned the chicken a little over the fire. The gardener glanced at the woman. The slender and withered stature of the woman was wrapped in shabby clothes. Her side and leg were visible from the torn parts of her clothes. His skin had turned white like a corpse and on the eminence of her face, which was bulging volume of the bones, had a spot of vitiligo. A horrible whiteness that had taken root under his skin started from the corner of his lips and around his eyes had penetrated to the veins of her whole body. Black and white hair of her had covered her face like a case.

She was still lost.

The man was sitting by the fire, and the gardener saw him in the light of the flames.

"maybe he is Abdee," The gardener thought.

He could see in the flash of the firelight the part of his broken head, which was now hairless, and the swelling stretched to his temples. It was said that he had a nasty blow to his head. Jiran's uncle used to say that,

"as I hit the stick in his head, I heard the cracking of his skull."

He was naive otherwise he would not have said that. The man turned his head and looked at the woman. It was clear from his gaze that his right eye was blind too. Then he took a piece of chicken and went back to the woman.

"Definitely he is Abdee ... and she is Jiran. No one found his body."

The gardener said to himself.

Abdee sat beside Jiran's chair. He looked at her lusterless face with affection and slowly took the grilled thigh of the chicken to her lips. She took the piece of chicken into her mouth and lazily took a bite.

"So, these are the devils and the spirits of children and goblins, they say "

The gardener was cursing the people of the village in his mind

"they demonized him...... they did not do any good to him now he has the right to do wrong..."

Abdee was smiling and looked contented. It was as if the whole world had been given to him. When the lips of the woman stopped moving, Abdee ate the remaining part of it and threw the bone aside. Then he wiped the woman's face with a wet cloth and placed his head on her knee.

The gardener was in tears.

"love is a blister of heart"

If the blister is cut, the person dies. He should have been accepted but instead, they wronged and rejected him"

Abdi closed his left eye and with his rough black hands from the tear of her shirt, he caressed and kissed Jiran's thigh. He was taking deep and long breaths. It was as if he wanted to empty his body. Tears blocked the gardener's eyes and he did not realize ...

He did not realize when Abdi saw him and hit him on the head with an iron rod and took his body, put it in front of the garden in the middle of the night.

The end

| دنیا به نام خدا خوش است |

راز قبرستان

صدیقه جاویدی بوشهری

یادداشت استاد مصطفی رحماندوست

داستانت را خواندم.

مرا بردی به دوره جوانی و دانشجویی‌ام که با تنی چند از دوستانم، عاشق بندر (عباس و بوشهر) و دیدنی‌ها و شنیدنی‌های خیال‌انگیزش شده بودیم.

هرچیزکی که می‌دیدیم، یا قصه داشت و یا می‌توانستیم برایش قصه بسازیم.

انگار «سیال ذهن».

نه فرزند مدرن دنیای داستان‌نویسان، بلکه زاییده‌ی ناچار انبوه خیال‌های درهم‌رونده و به‌هم‌بافته‌ی حاشیه‌ی دریاست.

با این که «راز قبرستان» خیلی دریایی نیست و می‌تواند فرزند هر نقطه دیگر این سرزمینِ از آغاز سترون و عاشق‌کش باشد، اما کاملا حال و هوای وهم‌آلود قصه‌های عامیانه‌ی بندر را دارد.

من فرزند دریا نیستم، زاده‌ی کوهستانم. ولی وقتی در جلسه دفاع پایان نامه‌ای حاضر شدم که پیرامون ایماژهای شعرهایم فراهم آمده بود، با تعجب

از زبان پایان‌نامه‌نویس شنیدم که خیلی بیش از انتظار خودم به دریا و موج و... پرداخته‌ام. شاید به خاطر این که هر بچه‌ای جویبار زلالی است که برایش به اقیانوس می‌اندیشیدم.

بگذریم.

«راز قبرستان» داستان پرکشش و پررفت و برگشتی است.

ضرباهنگ دلچسبی دارد که در طول داستان کند نمی‌شود.

خوب آغاز شده و خوبتر جمع شده. اضافی قابل حذف ندارد. در مجموع خوش ساخت و پرداخت است و به به و آفرین دارد.

فقط فضولی کنم و حرفی بزنم که از ره کین نیست، اقتضای طبیعت چون منی که بیش از چهل سال است به بچه‌ها فکر می‌کند، این شده‌است.

من هم مثل بچه‌ها درون مایه خیلی از قصه‌های جنوبی معاصر را که برخلاف باورهای عامه بندرنشین‌ها، به فقر فرهنگی و اندوه بی‌پایان پرداخته‌اند، دوست ندارم.

هلهله‌ها، شادی‌ها، چشم‌های پربیم و امیدی که به دریا دوخته شده تا عشق رفته باز گردد، و نیز پنهان‌کاری‌های عاشقانه و شادی‌های کوچکی از این دست که در ادبیات عامیانه جنوب زیاد است، در قصه‌های معاصر کمتر دیده می‌شود.

یادداشت استاد مینو فرشچی

داستان «راز قبرستان» از تجربه‌های جدی نگارش داستان به شیوه‌ی «جریان سیال ذهن» در داستان‌نویسی دوران معاصر است. داستان را که می‌خواندم ذهنم در آمدوشدی مداوم بین فضای ترسیم‌شده در این داستان و اتاق شازده احتجاب با بوی نا و دیوارهای شکسته و عکس‌های موریانه‌خورده‌ی روی دیواره‌های اتاق شازده بود در شاهکار زنده‌یاد «هوشنگ گلشیری».

داستان «راز قبرستان» با صحنه‌ی بسیار جذاب قهوه‌خانه شروع می‌شود و مرد قهوه‌چی اولین راوی روایتی غریب است. روایتی رعب‌آور و پُرابهام در برزخ بین شک و یقین که کشش زیادی در ذهن خواننده ایجاد می‌کند تا او کنار «صابر» بنشیند و به‌دقت قصه را دنبال کند تا چیزی از نظرش دور نماند. قصه‌ی آغازین، قصه‌ی رقابت عشقی بین «مراد» و «غلام» به خاطر جلب نظر «دخترنایب» است که عاقبتی ناخوش دارد و مبارزه‌ی تن‌به‌تن دو جوان عاشق منجر به جراحت و نقص عضو دائم مراد می‌شود و این آغاز کوبنده به خواننده پیش‌آگاهی و هشدار می‌دهد که به‌تدریج

شاهد لایه‌هایی پیچیده‌تر از این هزارتوی وهم‌انگیز خواهد بود. لایه‌های رمزآلودی که هرکدام به‌تنهایی از جذابیت کامل داستانی برخوردارند و خواننده را به دنبال خود می‌کشانند. نکته‌ی توجه‌برانگیزی که در کل داستان موج می‌زند نافرجام‌بودن عشق‌هاست. عشق‌ها یا ناتمام می‌مانند و یا پایانی فاجعه‌بار دارند. عشق غلام و مراد به دختر نایب، عشق عبدی و جیران و...؛ حتی علاقه‌ی هوسناک زنی که مدیربخش نوزادان پرورشگاه است به خاطرخواه گردن‌کلفتش. بچه‌ها که نشانه‌ی زندگی هستند به دنیا نمی‌آیند و اگر به دنیا می‌آیند باز هم تقدیرشان زندگی نیست. اشاره‌ام به صحنه‌ی بسیار قوی و البته غم‌انگیز مرگ دسته‌جمعی نوزادان پرورشگاه است، که بر اثر آلودگی آب‌جوش به زهر مارمولکی که در کتری جوشیده، بعد از خوردن شیر خشک، به خواب ابدی می‌روند. صحنه‌ای که با کمترین اشاره، روابط آدم‌های مسئول مراقبت از نوزادان را نشان می‌دهد و سکانسی را می‌سازد که به‌تنهایی یک فیلم کوتاه درخشان است. از شرح بیشتر اصل قصه پرهیز می‌کنم ولی نمی‌توانم شرایط زمان و مکانی را که نویسنده در آن زیسته نادیده بگیرم. نویسنده‌ی بوشهری با تجربه‌ی رشد و نمو در منطقه‌ی جنگی و زیستن در دوران جنگ هشت‌ساله‌ی ایران و عراق ذهن خود را به هر سو پرواز می‌دهد. در جایی خوانده بودم که در سال‌های بین جنگ جهانی اول و دوم، که عصر شکوفایی هنرمدرن محسوب می‌شود، احساس ناامنی خاطر و بی‌اعتمادی هنرمند نسبت به جهان خارج باعث شد تا هنرمند به درون خود پناه ببرد و سفری به ناشناخته‌ها را آغاز کند. جریان سیال ذهن زاییده‌ی ناامنی مادی و معنوی بود و هنوز هم در شرایط سخت، پناهی برای نویسنده است. شیوه‌ی جریان سیال ذهن در آثار «ویرجینیا

وولف»، «ویلیام فاکنر» و «جیمز جویس» بهراحتی قابل درک و دریافت است. در اولیسس نوشتهی جیمز جویس، که به نظر میرسد از برجستهترین نمونههای این شیوه است، جریان سیال ذهن با آغازها و پایانهای ناگهانی خواننده را مجذوب میکند. جملاتی که گاهی بیارتباط به نظر میرسند در بخشی دیگر رمزگشایی میشوند و معنا پیدا میکنند. در داستان «راز قبرستان» «عشق» اسم رمز ارتباط است؛ ارتباط آدمها و ارتباط حوادث و وقایع. و این در حالی است که عشق برای خود نویسنده هم جذاب است و هم ناشناخته. نویسنده به دنبال جذابیت و کشش برای کشف این پدیده با کنارگذاشتن شیوهی خطی و رایج نگارش در تاریکترین و دستنیافتنیترین گوشههای ذهن به جستوجو میپردازد که حاصلش این داستان زیبا و خواندنی است.

با آرزوی موفقیتهای مداوم برای سرکار خانم صدیقه جاویدی بوشهری، نویسندهی توانا، امیدوارم آثار بیشتری از ایشان در دسترس عموم قرار گیرد.

راز قبرستان

«نه اینکه پا گذاشته بود به حریمشون...»

دست لاغر و استخونی‌اش را گذاشت لبه‌ی تخت. به کمرش کش‌وقوسی داد و تکه‌ی تنباکوی خوراکی را، که حسابی گوشه‌ی لبش نم برداشته بود، مک زد و بعد تف کرد توی خارهای پشت سرش و با صدای واضح‌تری تکرار کرد:

«پا گذاشته بود به حریمشون. خب نباید می‌رفت. هرچی گفتند نرو، به خرجش نرفت. خودش هم می‌فهمید.»

باغبان گیج شده بود. چشمان ریز و میشی قهوه‌چی، پشت نیاب‌های مهره‌پیچی‌شده مراد را دید.

«ببین...»

باغبان رد نگاه او را دنبال کرد. آفتاب سر ظهر که ول شده بود همه‌جا، از لای پیش‌های نخل[1] به داخل قهوه‌خانه می‌ریخت و دود و دم قلیان و چپق بود که سینه‌کش نور به بالا می‌خزید. باغبان از پشت یکی از همین شیارها چهره‌ی مراد را دید. لاغر و نحیف بود. حجم سنگینی از وجودش روی پای راست بود و پای چپش می‌لنگید.

قهوه‌چی ادامه داد: «عاشقیه دیگه... می‌گن... اما خرّیته.»

---

۱ برگ درخت خرما

یك تکه قند را لای دندان‌های گسارگرفته‌اش خرد کرد و یک قلپ از چای تلخ به دنبالش بالا کشید. مراد گردن یک قلیان را به دست گرفته بود و به سمت میز مقابل می‌آورد. حالا باغبان می‌توانست حسابی او را برانداز کند. معلوم بود حرف‌های عجیبِ قهوه‌چی ته دلش را خالی کرده است. راست و دروغش را نمی‌فهمید و همین بیشتر دلواپسش می‌کرد. در همان حال که نگاهش هیکل مراد را پوشانده بود پرسید: «آخه چرا؟»

قهوه‌چی دستش را ستون بدن کرد و سنگینی خود را بر آن انداخت، و دهانش را که هنوز بوی تنباکوی خوراکی می‌داد به گوش باغبان نزدیک کرد.

«با رفیقش عاشق یه دختره شده بودن. هیچ‌کدوم پا پس نمی‌ذاشتن. نزدیک بود خون به پا شه. قرار گذاشتن مسابقه بِدَن، بازنده فکر دختررو از سر به در کنه.»

«خب...»

و منتظر ماند.

شب چهاردهم بود و ماه کامل بود و ابر سیاهی رویش را پوشانده بود.

با کُلی پسر رفتند سر قرار. دیوار قبرستان که از پشت درخت‌های بی‌رمق باغ پیدا شد، همه ایستادند. حالا مراد و غلام بودند که باید جلو می‌رفتند و مردی خودشان را به دختر نایب ثابت می‌کردند. دیوار خیلی بلند نبود. به‌قدرِ دو بغل؛ که اگر روی انگشتان پا کش می‌آمدند، انگشت دستشان به لبه‌اش می‌رسید. مراد و غلام لنگه‌دمپایی‌های خود را درآوردند.

---

۱ سنگ‌های آهکی کف دریا

قرارشان این بود. با هم عوض کردند و با تمام نفرتی که از هم داشتند، پرتاب کردند. انگار سیاهی پشت دیوار دمپایی‌ها را در خود بلعید که حتی صدای افتادنشان هم نیامد. حسین که از همه بچه‌تر بود چند ترکه‌ی نازک و خشکیده را از زمین برداشت و ته آن‌ها را در میان دستان گوشتالود خود پنهان کرد. از نگاه مضطرب بچه‌ها صدای قلبشان بیرون می‌زد. نفسشان بند آمده بود و ظلمات تمام سوراخ‌های تنشان را پر کرده بود.

«هرکی چوبش درازتر باشه اول می‌ره...» حسین گفت و بعد دستانش را که مثل دست میت یخ زده بود به طرف بچه‌ها دراز کرد.

«می‌شمارم. یک... یک و نیم...»

بقیه هم با صدای ترس‌آلودشان همراه شدند. «دو... دو و نیم...»

تقلایی به جان مراد و غلام افتاده بود. دل، چسبیده بود ته حلقشان و نفسشان را پس می‌زد. ثانیه‌ها انگار کشدار شده بودند و طنین صدایی که داشت به سه نزدیک می‌شد...

«سه...»

دستشان را به طرف ترکه‌ها دراز کردند. با وسواس سر ترکه‌ها را لمس کردند و یکی را بیرون کشیدند. نگاه‌های منتظر، دوخته شده بود به دست‌هایی که لرزان بالا می‌آمد تا قد ترکه‌ها را اندازه بگیرد.

ترکه‌ی مراد درازتر بود. باورش نمی‌شد بچه‌ها می‌گفتند. با دست اندازه گرفت. سر که بالا کرد، همه رفته بودند. ترس به دلش افتاد. تازه فهمید که چه خرّیتی کرده. اطرافش پر بود از صدای ناآرام باد و زوزه‌ی شاید گرگی گرسنه که اطراف آبادی به دنبال مرغ و خروسی سیاه‌بخت یا بره‌ای فلک‌زده می‌گشت. صدای نفس خودش و نفس مرده‌ها...

«گور پدر عاشقی...» فکر کرد توی دلش گفته.

راه پس نداشت. خوش نداشت که صبح توی آبادی عَلَمش کنند. خواست خودش را جمع‌وجور کند. سیاهی مثل بختک افتاده بود بر وجودش، و دیوار نفرین‌شده‌ی قبرستان روی سینه‌اش سنگینی می‌کرد. راه حلقش بند آمده بود. یک قدم جلو گذاشت. بوی کاهگل دیوار که به دماغش خورد برایش غریب بود. این اولین باری نبود که از آنجا می‌گذشت...

قدم دوم، صدای ناله‌ی جیرجیرک‌ها می‌آمد و خردشدن شاخه‌های خشکیده‌ای که زیر پای او مانده بودند.

با هر قدم دیوار در مقابلش قد می‌کشید و لکه‌های تاریک حفره‌های دیوار، عمیق‌تر به نظرش می‌آمد. حالا درست سینه به سینه‌ی دیوار بود. پا در حفره‌ای فرو برد و خود را بالا کشید.

برای لحظه‌ای، نور کمرنگ ماه صحن قبرستان را روشن کرد. شاخه‌های خشکیده‌ی درختانی که در هم تنیده بودند، قبرهای مخروبه و فروریخته، و درِ چوبی غسالخانه که لای تاریکی بر پاشنه‌های رشمیز[1]زده‌اش می‌جنبید، به چشمانش نشست.

ترسی که به دلش افتاده بود، دست و پایش را شل می‌کرد. روبه‌رویش، وسط تاریکی، وسط قبرهای سه چهار وجبی، که کمتر از بیست تا نبودند، لنگه‌دمپایی را دید. از دیوار بالا رفت و از آن‌طرف پایین سرید. خاک قبرستان انگار سنگین بود و مثل مردابی او را در خود فرو می‌کشید. سرمای چندش‌آوری که به کف پای برهنه‌اش می‌نشست، رعشه‌ای شده بود و ترس، تمام تنش را می‌لرزاند. هوای تبدار را که توی گلویش گیرکرده بود

---

۱ موریانه

به‌زحمت بلعید و آهسته قدم برداشت. نمی‌خواست بچه‌ها را بیدار کند.

⌂

بچه‌ها قرار نداشتند. صدای گریه‌شان سالن را پر کرده بود. پرستار بی‌حوصله و عصبانی گوشی تلفن را از دهان دور کرد و فریاد کشید: «برو خفه‌شون کن...»

بعد لیوان آب سردی را که پیشِ رو داشت سر کشید و به حرفش با تلفن ادامه داد.

خیری‌خانم تن سنگین و حجیمش را تکانی داد و عین کبک قدم‌های کوتاه و چاقش او را به در سالن رساندند. در که باز شد، موجی از صدای ضجه و گریه ریخت توی دفتر. خیری زود آن را بست و نگاه پُرغیظ پرستار به چهارستون در میخ شد.

سالن پر بود از بوی شاش و تخت‌های آهنی و بچه‌های سه چهار وجبی که هوار می‌کشیدند و با چشمانی که دیگر اشک نداشت زار می‌زدند. خیری انگار کر بود. به هوای دل خودش قدم برمی‌داشت و به اتاقی که درش به سالن باز می‌شد ولی در نداشت نزدیک می‌شد.

اتاق نُقلی نمور و خفه بود. راه هوایی نداشت جز دریچه‌ای نزدیک سقف که کفافِ درکردن این‌همه بوی شاش و رطوبت را نمی‌داد. خیری آتش زیر کتری را روشن کرد و سبد پر از شیشه‌های کدرشده‌ی شیر را با سرشیشه‌های کهنه، که به اندازه‌ی یک بند انگشت کش آمده بودند، روی میز چید. در قوطی شیرخشک را باز کرد و در هر شیشه سه پیمانه ریخت.

بخار ضعیفی توی لوله‌ی کتری پیچیده بود. خیری با پارچه‌ی کهنه‌ای کتری را برداشت و در هر شیشه، به‌قدر شش پیمانه آب خالی کرد.

بچه‌های گرسنه، چهاردست‌وپا شیشه‌ها را چسبیده بودند و سر دراز آن را که به اندازه‌ی یک بند انگشت کش آمده بود و تا ته لوزه‌هایشان می‌رسید با ولع مک می‌زدند. صدای هق‌هق شیرخوردنشان سالن را پر کرده بود. از کنار لب کوچکشان قطرات شیر فرو می‌ریخت و تا گودی گردنشان می‌چکید روی تشکی که روکش نایلونی آن را با یک ملافه‌ی کهنه پوشانده بودند.

در بسته شد و صدای نفس بچه‌ها هم. غروب، خیری سرِ حال از خواب عصرگاهی، به سمت اتاق بچه‌ها رفت. دیگر نفس هیچ‌کس بالا نمی‌آمد.

حالا پرستار بود و یك خاطرخواه گردن‌کلفت و بیشتر از بیست تا بچه‌ی تلف‌شده.

بچه‌ها را دزدکی پشت وانت ریختند و تلواری[1] را بر آن‌ها کشیدند و شبانه از شهر رو به آبادی مجاور کردند. قبرستان تاریک و برزخی بود. باران امان نمی‌داد. چند گورکن با بیل قبرهای کوچک را از آب خالی می‌کردند. راننده‌وانت پایین پرید و به کمک گورکن‌ها جسدهای کوچک را توی چاله‌های قبر چپاندند و خاک ریختند و سنگی به‌نشانه گذاشتند تا بیل یك قبرکن دیگر شکم این طفلکی‌ها را سفره نکند.

صبح نشده، پرونده‌ی پرورشگاه و کتری آب جوش و مارمولکی که حسابی تو کتری دم آمده بود و شده بود زهروجود شیرخواره‌ها بسته شد.

---

۱ نوعی پارچه‌ی ضخیم

مراد لای قبرهایی که حالا دیگر نمشان گرفته شده بود و گود شده بودند، قدم برمی‌داشت. درحالی‌که نگاهش جفت شده بود با لنگه‌دمپایی و دلش از ترس چسبیده بود به قفسه‌سینه‌اش و می‌خواست از حلقش بیرون بزند. مثلاً حواسش جمع بود ولی نفهمید کی تیزی یك بطریِ شکسته نشست توی نرمی کف پایش و آخش را درآورد. دمپایی پای چپ را به پای راست داد و لنگان جلو رفت.

«لنگیدنش هم مال همونه؟» باغبان پرسید.

قهوه‌چی نی قلیان را زیر لبش تکانی داد و گفت: «بلایی به سرش آورده بودن که... صبح، یکی از چوپان‌ها که گله‌ش رو به تپه‌ی مجاور می‌برد پیداش کرد. خونین و مالین. قلم پاش رو از چند جا شکونده بودن...»

«کی‌ها؟»

«همون‌ها دیگه، اهل قبرستون. چه می‌دونم! روح بچه‌ها، اجنه‌ها، یا شاید هم...»

مراد حالا دیگر به آن‌ها نزدیک شده بود. سینی مسی کوچکی به دست داشت و لُنگ قرمز ده‌ساله‌ای را به دور گردنش آویزان کرده بود. قیافه‌اش به فلک‌زده‌ها بیشتر می‌خورد تا به یك جوان نوزده‌ساله. کنار تخت آن‌ها رسید.

«شاید هم چی؟» باغبان پرسید.

«شاید هم... شیطان...»

قهوه‌چی با اشاره، مراد را صدا کرد.

«کرش کردند.» قهوه‌چی گفت.

مراد لبه‌ی تخت نشست و دست دراز کرد تا استکان‌های خالی را جمع کند. نگاه کنجکاو و پر از هراس باغبان او را پوشانده بود. آنچه با حساب‌های ذهنی‌اش جور درنمی‌آمد، روح بچه‌ها... اجنه‌ها... قبرستان نفرین‌شده... تا حالا یقین داشت که این‌ها خرافات است، ولی حالا...

انگار لرزه‌ای بر همه‌ی باورهایش افتاده بود و اساس آن‌ها را سست می‌کرد.

مراد استکان‌ها را توی سینی گذاشت که قهوه‌چی مچش را گرفت و به باغبان گفت: «دهنش رو ببین.»

مراد دهانش را توروی باغبان باز کرد. تن باغبان لرزید. طاقت نیاورد. چشمانش را بست و سرش را برگرداند. ته دلش خالی شد. خواست بالا بیاورد.

کاسه‌ی کله‌پاچه را کنار زد. دیدن زبان گوسفند او را به یاد زبان نصفه‌ی مراد می‌انداخت. از خیلی پیش بود که لب به کله‌پاچه نزده بود. قهوه‌چی می‌دانست، بااین‌حال کاسه را جلویش گذاشت تا شاید او را از تصمیمش منصرف کند.

ولی باغبان می‌بایست میرزا را می‌دید. دیگر نمی‌توانست علاف و بلاتکلیف باشد. تا کِی باید پادویی مردم را می‌کرد؟ به‌هم‌ریخته و عصبانی از قهوه‌خانه بیرون زد. در میدان، کنار حوض آبی‌رنگی که زیر سایه‌ی درخت پیرنشسته بود، نشست. سرش را بین دو دست گرفت و به فکر فرورفت. به یاد قدیم افتاد. وقتی با پدرش، که مرد آبادی بود، بیل دست می‌گرفت و راه نهرها را به باغشان بازمی‌کرد. آب که پای درخت‌ها جاری می‌شد و رگ و ریشه‌ی آن‌ها را خنک می‌کرد، او هم دلش خنک می‌شد.

«بیا آقاجون. این میوه‌ها رو ببر درِ خونه‌ی کلثوم‌ننه، بده یتیم‌هاش بخورن. ثواب داره.»

با دست‌های کوچک هفت‌ساله‌اش سبد را از پدر گرفت. از پیچ کوچه‌باغ که می‌گذشت، گماشته‌خان را دید. سلام کرد. جوابی نشنید. گماشته خانه‌زادِ خان بود. خیال می‌کرد خان‌زاده است. تشر زد. صابر ترسید. در خیالش به او فحش داد و بعد سبد را دودستی چسبید و پا به فرار گذاشت.

پدر کنار نهر نشسته بود و دست‌های قوی و پینه‌بسته‌اش را در آب می‌شُست. گماشته پشت سرش بود و تهدید می‌کرد.

«خان زمین این باغ رو می‌خواد. پولش رو می‌ده.»

پدر محل نگذاشت.

«اگه بخواد می‌تونه به زور بگیره.»

پدر وضو گرفت و صورتش را با دستاری که به کمر بسته بود خشک کرد.

«با توأم!... کری؟!»

پدر با تمام نفرتی که از خان داشت، تمام قد در برابر گماشته ایستاد و گفت: «نه.»

دود سیاهی آسمان را تیره و تار کرده بود. صابر که از خانه‌ی کلثوم‌ننه برمی‌گشت دید دیگر نه باغ بود و نه پدر.

سرش را از بین دو دست بیرون کشید. گونه‌هایش سرخ شده بود. صورتش را با آب حوض شست و سر را به درخت تکیه داد. عکس درخت در قاب چشم‌های جنگی باران‌زده‌اش نشست. نسیم خنکی که زیر سایه سرگردان بود خنکش کرد. فکر، مثل موریانه توی سرش می‌لولید. همه می‌گفتند نرو. اگر حرف یکی دو نفر بود، محل نمی‌گذاشت، ولی...

او باغبان‌زاده شده بود. ترو خشک‌کردن درخت‌ها را بلد بود. جوانه‌ها را که می‌دید، دلش ضعف می‌رفت. عادتش بود که هر روز قد گل‌ها را اندازه بگیرد. جوانه‌های کوچک را بشمارد و با درخت‌های پیر درد دل کند. حالا که از بد روزگار اسیر این آبادی شده بود تنها زیر سایه‌ی دیوار آن باغ بود که احساس غربت نمی‌کرد. کاش می‌شد استخاره کند. این‌جوری دلش قرص‌تر می‌شد.

نگاهی به حوض انداخت. سایه‌ی سبکِ درخت بر آب افتاده بود. آب زلال و صاف بود. هنوز بوی نهر و سرچشمه می‌داد. چشمانش را بست و به درخت استخاره کرد.

تاریک بود. اول صدایی نمی‌شنید. بعد کم‌کم صداها آمدند. صدای آبی که در ریشه می‌دوید. صدای به‌هم‌خوردن جوانه‌های نابالغی که با نسیم بازی می‌کردند. صدای نفس درخت پیری که التماس می‌کرد...

التماس درخت را شنید. چشم باز کرد. درخت، جوانه‌ی کوچکی را محض حاجت باغبان جلوی او قربانی کرده بود...

سایه زیرپای درخت جمع شده بود و صدای صلات ظهر پیچیده بود در رگ آبادی. بوی نان تازه نمی‌آمد. شاطر تاوه‌ی آهنی سنگینی را روکش شعله‌های تنور کرد و رفت توی پستوی[1] دکان، تا بخار تنش را با باد پنکه تخفیف دهد. میرزا هم قفل کوچکی به در دخل زد و...

باغبان دل تو دلش نبود. نفسش عین نان سنگگ، داغ و نافرم شده بود. آخرین باری که گفته بود، چشم‌های خیس و شرجی‌زده‌ی آمیرزا قفل شد روی عکس پسرِ شاید بیست و دوساله‌اش و همین.

«بخور نمک‌گیر نمی‌شی.» آمیرزا گفت.

باغبان که در خیال خودش گیرکرده بود و هنوز چشمانش مانده بود لای قفل آهنی کوچک در دخل، ناغافل از جا پرید.

«سلام آقا.»

«علیک سلام. نیستی! کجایی بابا؟»

هنوز دستی که نان سنگک روی آن سنگینی می‌کرد منتظر بود. باغبان تکه‌ای برداشت و همقدم میرزا شد. خانه‌ی آمیرزا نزدیک بود. از پیچ کوچه که می‌گذشتند، پنج خانه آن‌طرف‌تر، درِ چوبی قدیمی. نرسیده به آنجا باید حرفش را می‌زد.

---

۱ صندوق‌خانه، انباری

«آمیرزا...»

چشم‌های ریز آمیرزا پشت قاب گرد عینک ذره‌بینی‌اش او را می‌جست.

«بگو بابا، چی می‌خوای که نمی‌گی؟»

«آقا تورو خدا نه نگو.» فکر کرد بلند گفته، جوابی نشنید. نگاهش را که بلند کرد، نگاه پژمرده‌ی آمیرزا را دید که هنوز منتظر بود.

«آقا، نه نگو. قول می‌دم...»

زانوهای آمیرزا سست شد. سنگینی نان سنگک بر دستانش، آرنجش را خم کرد و روی سکوی کنار خانه نشست. انگار دنیا بر سرش آوار شده بود. به یاد حبیبش افتاد.

باغ آرام و آباد بود. حبیب جعبه‌های سیب را جلوی پای آمیرزا می‌چید و با خوشحالی تعریف می‌کرد. آمیرزا ماتِ هیکل تنومند و بازوهای قوی پسرش شده بود و عشقش را می‌خورد.

«دیوار پشتی ناجور ترک برداشته، باید تعمیر بشه.»

زیر پای آمیرزا خالی شد. دلش ریخت. چشمانش خسوف شد و زبانش بند آمد. می‌خواست نه بگوید. نمی‌توانست. سایه‌ی حبیب عین شبح جلویش می‌جنبید. انگار در تقلا بود. آمیرزا به زحمت میدید حبیبش می‌خندد و سیب سرخ درشتی را با وسواس با لباسش برق می‌اندازد...

«این رو بده به رعنا بخوره، بچه‌مون خوشگل بشه.»

نگاه آمیرزا ماند در چشم حبیب.

حبیب لبخندی زد و سیب را گذاشت کف دست آمیرزا و جعبه‌ها

را برد به سمت گاری. از آن موقع که دلشوره به جان آمیرزا افتاد تا گم‌شدن حبیب ده روزی نگذشت.

«چهار ماهه باغ بی‌تیمار مونده!»

باغبان به لکنت افتاد. «می... می‌دونم اگه پسرت بود، ن... نمی‌ذاشت. قول می‌دم تا حبیب برسه آبادش کنم.»

و منتظر ماند.

میرزا نگاهش را بالا نمی‌آورد. باغبان کلافه بود. می‌خواست حرف دلش را بخواند. روی زمین زانو زد و به چشم‌های آمیرزا خیره شد. میرزا ته حلقش نم برداشته بود و بغض تو حنجره‌اش واویلا می‌کرد. باغبان که به زخم گم‌شدن حبیب نیشتر زده بود و دل میرزا را باز به هول‌ووَلا انداخته بود، خم شد و پای میرزا را بوسید. میرزا از پشت قاب گرد عینک ذره‌بینی‌اش هیکل تنومند و شانه‌های قوی باغبان را دید. اشک از گوشه‌ی چشمش به شیارهای چروک صورتش سُر خورد. دست بر موهای سیاه باغبان کشید. انگار حبیبش بود.

حجم علف‌های هرز روی دل درخت‌ها سنگینی می‌کرد. این را از تنگی نفسشان می‌فهمید. درِ چوبی باغ، تمام‌قد در برابرش ایستاده بود. نگاهی به پاشنه‌ی در انداخت که تا قوزکش پر بود از خاک و خاشاک و غربت و بی‌کسی. رِشمیزِ پایه‌های چارچوبیاش را خورده بود و سوراخ‌های بی‌تهی را در آن ساخته بود. کلید آهنی سنگین توی شکاف در چرخید. کلون چوبی ناله‌ای کرد و کنگره‌هایش روی کنگره‌های غلتکش غلتید

و عقب رفت. باغبان در را هل داد. به‌زحمت باز شد. پشت در پر بود از شاخه‌های خشکیده و میوه‌های نارسی که هنوز در گوششان اذان نگفته، انالله‌شان درآمده بود.

مار سیاه بی‌خط‌وخالی که یك بغل درازا داشت به تقلاافتاد. باغبان ناغافل دم او را لگد کرده بود. پایش را که برداشت مار هراسان خودش را گم کرد. باغبان قدمی جلو نهاد و نگاهی به بالا انداخت. سقف باغ پُر بود از ترکه‌های نازکی که مثل انگشت افلیج مرگ‌چشیده‌ای در هم گره خورده بودند و نور را مشبک و پاره‌پاره به کف باغ می‌ریختند. باغبان دلش به امید بود. زانو زد و تکه‌کلوخی برداشت. هنوز بوی زندگی می‌داد. عمق ترک‌ها را اندازه گرفت. به دل باغ نرسیده بود. نبض درخت‌ها را از روی جوانه‌های نیمه‌زرد حس کرد. یک درمیان می‌زدند. بوی آب حال باغ را بهتر می‌کرد. باید به دنبال آن می‌گشت. حتماً حلقه‌ی چاهی بود. ولی کجا؟ نمی‌دانست. دستار به کمر بست. اجساد شاخه‌ها را جمع کرد. چاه را دید. آب و جارویی کرد. باغ جان گرفت و جوانه زد.

سرِشب بود. آسمان ابری و پرآشوب بود. رعد، دلش را می‌لرزاند و برق، پیشانی سیاهش را می‌شکافت. طوفانی که از سمت قبرستان می‌آمد، با بوی تن مرده‌ها، خودش را به در و دیوار می‌کوبید و لای سیاهی درخت‌های باغ گم می‌شد. سایه‌ی درخت‌ها، از نیمدر، روی دیوار مقابل افتاده بود و با وزش باد کش می‌آمد و تا لبه‌ی طاقی روبه‌رو می‌رسید و باز، پس می‌رفت. گچ طاقی نم برداشته بود و چروک شده بود و لکه‌ی سیاهی پشت شیشه‌ی

گردسوز، تن دیوار را کبود کرده بود. شعله‌ی گردسوز سرخ می‌سوخت و نخ سیاهی از دود از لوله‌ی جام آن بیرون می‌زد و توی تاریکی گم می‌شد. هرآنچه در اتاق بود از وحشتی غریب می‌لرزید. باغبان به کنجی خزید و زانوبغل کرد و زل زد به رگه‌های خاکی که از زیر در و درز پنجره داخل می‌شدند. شاخه‌های وحشت‌زده، که عکسشان روی دیوار گچی و نیمدر مقابل افتاده بود، او را می‌ترساند. ته دلش شور می‌زد. سرما به استخوانش نشسته بود و گزگز می‌کرد. انگار ترک‌های دیوار کاهگلی دهن باز کرده بودند و هرچه نم و سرما بود، تف می‌کردند توی اتاق. اجاق هیزمی هم که تابوت آتشی بی‌مقدار شده بود. نگاه باغبان، سرگردان، شعله‌های لاغر و سایه‌های وحشی و خاک‌های زیر در را می‌پایید.

«نکنه شعله خاموش بشه!»

خیلی زود طوفان وحشی‌تر شد. انگار کینه داشت. تن به در و دیوار می‌کوبید و به سر و صورت درخت‌ها سیلی می‌زد. یکباره صدای وحشتناکی چهارستون تن باغبان را لرزاند. این‌قدر سریع بود که او ردش را گم کرد. چشمانش گوشه و کنار اتاق، لای تاریکی دودو می‌زد. ندانستن روی دلش سنگینی می‌کرد. این عادتش بود. اگر می‌دانست آرام می‌گرفت. چشمانش اول به شیشه‌ی شکسته افتاد و هجوم خاک تن مرده‌ها که حالا دیگر بی‌نوبت داخل شوند، بعد به نفس‌های آخر هیزم‌های نیم‌سوخته‌ی اجاق و بعد به چیزی که عکس شعله‌ی نازک بر آن افتاده بود.

باد شاخه‌ای را که تا حالا تن به در می‌کشید شاید باز شود کوبانده بود به شیشه‌ی پنجره و شیشه شکسته بود و رگ شاخه بریده بود و سیبش را با صورت خراشیده پرت کرده بود وسط اتاق.

سیب زخمی را دید. تعجب کرد. با وسواس دانه‌دانه سیب‌های همقد و هم‌شکل را از درخت چیده بود و برق انداخته بود و در جعبه گذاشته بود. نگاهی به جعبه انداخت. سرمیخی که از این طرف جعبه بیرون زده بود مقصر بود. سیب را کنار شال کمرش گذاشت و تکه‌سنگی برداشت و آن قدر بر سر میخ کوبید که دیگر هیچ سیبی را زخمی نکند.

حالا می‌توانست در بزند. چند ضربه‌ی آرام به در زد و منتظر ماند. هوا عالی بود. چند تکه ابر سفید و سرکش روی نسیمی ملایم سُرمی‌خورد و بوی باران می‌داد. وقتی بچه بود کفترهایش در این هوا جفت‌گیری می‌کردند.

فکر کرد: «کاش...»

صدای قدم‌هایی آرام از پشت در نزدیک می‌شد. تپش قلبش بالا رفت. نگاهش به برجستگی سیب زیر شال کمرش افتاد و هول کرد.

کاش زمان کمی متوقف می‌شد تا او بتواند خودش را آماده کند. حلقش خشک شده بود. سیب را از کنار شال بیرون کشید. نمی‌دانست چه کارش کند. نگاهش به انتهای کوچه افتاد و به پسربچه‌ای که بی‌هوا سوار بر دمپایی پاره و لنگه‌به‌لنگه‌اش جلو می‌آمد. بچه انگشت داخل دماغ کرده بود و از بیرون‌آوردن چیزی خشک از ته بینی‌اش لذت می‌برد.

«هی پسر.» و با دست به او اشاره کرد. «بیا...»

بچه جا خورد. زودی دستش را بیرون کشید و دماغش را که به خارش افتاده بود مالید.

باغبان سیب را به طرف او پرت کرد.

«بگیرش.»

سیب در هوا قل خورد و بر کف دست‌های بچه نشست. باغبان نفس عمیقی کشید. از پشت در، صدای پایی که نزدیک‌تر شده بود قطع شد. چفت در از حلقه بیرون آمد و لای در به قدر یک زنجیر یک وجبی باز شد.

باغبان با شرم سلام کرد. سرش که زیر بود فقط می‌توانست نوک دمپایی سبز و دو سه تا از انگشت‌هایی را که شاید خیلی پیش حنا بسته بود و حالا فقط یک طوق نازک بالای ناخن‌هایش به سرخی می‌زد ببیند.

«سلام.» دختر جواب داد.

صدای نرم و مخملی‌اش قلب باغبان را به تکاپو انداخت. کمی گیج شد، کمی مکث کرد. طول کشید تا به خودش بیاید.

«آ... آ... آره... آمیرزا هست؟»

قبلاً دزدکی او را دیده بود. قد و بالای موزونی که در یک چادر گلدار نیلوفری پیچیده شده بود. همان روزی که بله را از آمیرزا گرفت و آمیرزا از حال رفت و روی سکوی کنار خانه نشست و دختر زیر بازوانش را گرفت و بردش تو.

«چیکارش داری؟» دختر پرسید.

«براش سیب آوردم.»

حالا دیگر باید از جلوی در می‌گذشت تا آمیرزا را صدا کند. باغبان تپش قلب خودش را احساس می‌کرد. حال مرگ داشت و انتظاری غریب و شیرین.

رعنا رد شد. گونه‌هایش مثل سیبِ رسیده گل انداخته بود و گودی زیر چشمش را مخفی کرده بود. با دیدنش دل باغبان ضعف رفت. یک خوشی بی‌مثال چنگ انداخته بود وسط قلبش. عرق شرمش را به پای گرمی هوا

نهاد. سر به زیر انداخت و نفسی را که مانده بود بیاید یا نه از حفره‌های سرش در داد و لبخندی زد.

شعله آخرین زورش را زد و از حال رفت. تاریکی ورز آمده بود و ورم کرده بود و خودش را چپانده بود داخل اتاق. باغبان نفس که می‌کشید ریه‌هایش پر از ظلمات می‌شد. ته حلقش حال خفگی داشت. کلافه از جا بلند شد. صدایی وحشتناک مثل تبری که بر رگ و ریشه‌ها می‌نشیند لای ناله‌ی درختان پیچیده بود. باغبان کورمال و از روی سوزی که موذیانه از زیر در به اتاق می‌خزید راه خروج را پیدا کرد.

باران امان نمی‌داد. تاریکی موج برداشته بود و همه‌چیز را در خود می‌بلعید. عبدوس تبرش را به دیوار تکیه داد. عبای پشمی‌اش را که نم برداشته بود و بوی شتر می‌داد به میخ بغل در آویزان کرد. خاتون با انبر مسی آتش زیر کتری را کم کرد و تن سیب‌زمینی‌های توی منقل را با خاکستر داغ پوشاند. معصومه عاشق سیب‌زمینی زغالی بود.

«خسته نباشی.»

سرش را که بلند کرد، لبخند روی لبانش خشکید. نگران شد.

«پس کو معصومه؟»

عبدوس که حوله‌ی نازکی را بر سر و صورت خود می‌کشید جا خورد و

با وحشت به خاتون نگاه کرد.

«یعنی چی معصومه کو؟»

زن بند دلش پاره شد. انبر از دستش افتاد و بغض صدایش را دورگه کرد.

«اومد درِ نجاری، نگو نیومده!»

مرد وحشت‌زده بر سر خود کوبید.

«کِی؟»

زن گفت: «دم غروب اومد. گفتم بارونه، نگهش داشته‌ای.»

حرفش تمام نشده عبدوس عبایش را به دوش کشید و فانوس به دست از خانه بیرون زد. توی سینه‌اش واویلا بود. هوار میزد و مثل کابوسی نعره‌هایش در خروش باران گم میشد. حنجره‌اش زخم برداشت تا صدایش به پشت پنجره‌های بسته رسید.

خاتون به دنبال عبدوس دوید. گریه امانش نمیداد. مثل مار گزیدها به خود می پیچید و ناله میکرد.

عبدوس که او را دید تشر زد: کجا میای؟ نگفتم بمون؟

عصبانی بود. نگاه پر غیظش خاتون را میخکوب کرد. خاتون سر به چهارچوب در کوبید و صدای زجه‌اش دل تاریکی را شکافت. خبر گم شدن معصومه خیلی زود به همه اهل آبادی رسید و میدانگاهی جلوی خانه پر از جمعیت شد. مردان با فانوسهایشان و زنان با دلداری دور عبدوس و خاتون را گرفتند. فانوسها که به راه افتادند خاتون طاقت نیاورد. با سر و پای برهنه از خانه بیرون زد و در ظلمات گم شد. فریاد مردان لابه‌لای کوران باد و باران می‌پیچید. تاریکی غلیظ و سنگین ولَس به اشباح جان می‌داد.

عبدوس جلو بود و فانوس دارانی که ظلمت را به دوش میکشیدند، به دنبالش برگ‌برگ تاریکی را می‌جستند.

باغبان حالا دیگر به در باغ رسیده بود. باغ انگار غریب و طولانی شده بود ولی او راه را می‌دانست. دم در باغ شنید دختر عبدوس گم شده. وحشت کرد. دختر هفت‌ساله بود و یک بزغاله‌ی سیاه داشت که خیلی دوستش داشت.

باغبان دیروز خودش زنگوله‌ی نقره‌ای بزغاله را که دیگر صدا نمی‌داد درست کرد. دخترک که از میدان آبادی می‌گذشت بُغ کرده و اخمو بود. به هیچ‌کس محل نمی‌گذاشت. زنگوله را به دست گرفته بود و بزغاله به دنبالش می‌دوید. نزدیک نانوایی که رسید، بزغاله راه خودش را کج کرد و رفت زیر سینی پیشخان و خرده‌نان‌ها را خورد. باغبان تازه جعبه‌ی میوه را درِ خانه‌ی میرزا تحویل داده بود.

«این رو درستش می‌کنی؟» دختر درحالی‌که چشمانش چسبیده بود به بازوهای پرزور باغبان پرسید.

باغبان زنگوله را گرفت. حلقه‌ی بالایی‌اش که به توپ نقره‌ای وصل شده بود پیچ خورده بود و توپ را سفت کرده بود و نمی‌گذاشت تکان بخورد. دوزانو روی زمین نشست. حالا نگاه دختر به زنگوله بود. باغبان زنگوله را با

پاهایش گرفت و توپ را چرخاند و آزاد کرد. دختر خندید. یعنی «دستت درد نکنه»، یعنی «ممنونم»، یعنی «این جوری دیگه بُزَم گم نمی‌شه».

باغبان دلش سوخت. طاقت نیاورد و دنبال جمعیت به راه افتاد شاید بتواند دخترک را پیدا کند.

حالا دیگر توی تاریکی غیر از صدای رعد و زوزه‌ی سگ، صدای فریاد مردها هم پیچیده بود. زیر طاقی‌ها، کنج دیوارها، کنار درخت‌ها و هرجایی را که می‌شد گشتند.

یکدفعه صفدر فریاد کشید.

«عبدوس... بیا...»

فانوس‌ها با صاحبانشان به سمت صدا دویدند. تن عبدوس می‌لرزید. از سرما نبود و از بارانی که از سرِ شب عین هق‌هق مادرمُرده بند نمی‌شد. شانه‌هایش زیر عبای پشمی دستباف خاتون قرار نداشت. دل توی سینه‌اش جا نمی‌گرفت. خاتون که دزدکی و بی‌فانوس پشت سرشان راه افتاده بود پا تند کرد. سایه‌ی صفدر توی تاریکی می‌جنبید. انگار نشست و چیزی را از روی زمین برداشت. حالا دیگر عبدوس بالای سر او رسیده بود. تقلایی که برای زودرسیدن داشت، عبای پشمی را از شانه‌هایش انداخته بود و عضلات تنش زیرِ پیراهنِ ویلِ[1] باران‌خورده بیرون زده بود و نور فانوس هیکلش را تنومندتر از همیشه نشان می‌داد. عبدوس فانوس را بالا آورد و صفدر کمر چرخاند و آنچه را از زمین جسته بود جلوی نور گرفت.

---

۱ نوعی پارچه‌ی نخی

روسری زرد معصومه بود که حالا رنگ عوض کرده بود. لکه‌های خون روی روسری خیس خورده بود و خونابه‌ی زرد و چرکی از حاشیه‌ی توردوزی‌شده‌ی آن پایین می‌چکید. عبدوس انگار بند دلش را پاره کرده باشند تاب نیاورد، زانو شکاند و برزمین نشست و بر سر خود کوبید. حالا نور فانوسِ اطرافیان سر او را نشان می‌داد که برهنه از موضربه‌ی سنگین دست‌هایش را تحمل می‌کرد.

خاتون مانده بود. نه پای آمدن داشت و نه دل دیدن.

«بیایین... اینجاست... پیداش کردم.»

مشهدی رضا بود.

«بُزش هم اینجاست.»

زیر بازوان عبدوس را گرفتند و به سمت صدا رفتند. باغبان نگران بود. جلوتر دوید. می‌خواست بچه را پیدا کند و بغل کند و هرچه زودتر به حکیم برساند. فکرش را هم نمی‌کرد که...

بز سیاه خودش را گوشه‌ای، کنج دیوار، توی تاریکی چپانده بود و مثل بید می‌لرزید. آن‌طرف‌تر جسد شب‌زده‌ی دخترک به قاب چشم نم‌برداشته‌ی باغبان نشست که از ترس زهره‌اش ترکیده بود و زمین خورده بود و تیزی یك سنگ سرش را دریده بود و تمام کرده بود. جایی نزدیک دیوار قبرستان.

راز قبرستان همه فکر و ذکر باغبان شده بود. اگر مراد زبان داشت و حرفی می‌زد...

باید می‌فهمید. از جن و پری شنیده بود. خدابیامرز مادرش خیلی از آن‌ها می‌دانست. دایه بود. می‌گفت زن زائو و بچه‌ی چله‌ای را نباید تنها گذاشت. جگر زن را می‌دزدند و بچه‌اش را عوض می‌کنند. خودش دیده بود عبای رنگی زن زائو را بردند و وقتی آوردند جای پنج انگشت خونی رویش نقش بسته بود و زن مُرد.

آقاش هم می‌گفت: «سمت حموم قبری بی‌بسم‌الله نرو.» می‌گفت: «قبلاًها اونجا قبرستون بود. حموم رو جای قبرستون ساختن. درخت کُنار پشت حموم جای اجنه‌ست.»

حمام گِلی و قدیمی بود با قدی کوتاه که بیشترش زیرزمین بود و سقفی طاق‌مانند و چند روزنه‌ی هواگیر روی آن. درخت کُنار پشت حمام هم پیر بود. آن‌قدر پیر که از کمر ریشه دوانده بود و مثل هشت‌پا شده بود. شاخه‌هایش پر بودند از ورد و طلسم و قفل و زنجیر. آدم‌هایی که دخیل بسته بودند، غروب چهارشنبه نقل و نبات می‌آوردند زیر درخت و بساط شمع و عود به پا می‌کردند و دختربچه‌ها می‌رقصیدند و پسربچه‌ها یزله[1] می‌گرفتند. و همین که آفتاب تنش می‌لرزید و گل می‌انداخت و هرم گرما فروکش می‌کرد و تب زمین پس می‌رفت، زن‌ها بچه‌ها را زیر بغل می‌زدند و یاعلی‌گویان از درخت دور می‌شدند. به خیال خودشان شب اجنه نقل و نبات می‌خورند و عود می‌سوزانند و دل خوش می‌کنند و کاری به آن‌ها ندارند.

آفتاب از لبه‌ی پنجره به داخل سُرید و نقش شیشه‌ی شکسته و

---

۱ نوعی موسیقی محلی رایج در جنوب ایران که با دست‌زدن و پایکوبی همراه است.

ترک‌هایش را روی تن نمد کف اتاق انداخت. باغبان که خواب نبود ته دلش می‌لرزید. از سرما جمع شده بود زیر نور و زانوها را توی شکمش کشیده بود و به‌پهلو، پشت به پنجره، خوابیده بود. نگاهش مانده بود بین هیزم‌های بی‌بخار بخاری و فکر مراد مثل مداد نتراشیده‌ای، سخت، صفحه‌ی مغزش را خط‌خطی می‌کرد. آفتاب آهسته گُر می‌گرفت و باغبان گرمی او را بر تن سیلاب‌زده‌ی خود احساس می‌کرد. نم تنش که خشک شد لرزش هم نشست. یاد خدابیامرز ملاعلی افتاد. چرایش را نمی‌دانست. شاید...

چند رج سوادی که داشت به همت ملاعلی کاتب بود که ته بازارچه بساط نیاب‌پیچی داشت و عریضه می‌نوشت و صابر شاگردی‌اش را می‌کرد. بعد از سوختن پدرش بود که میرزا سایه‌ی سرش شد و شاگردی صابر را بهانه‌ای کرد که خرج زندگی‌شان را بدهد. صابر هم از صبح مهره‌های رنگی را توی نخ نایلونی می‌کرد، دور گردن و شکم نیاب‌ها می‌چرخاند و شمایل گل و ستاره را بر آن‌ها نقش می‌زد. وقت بیکاری، ملاعلی تکه‌روزنامه‌هایی را که به‌قدر پیچیدن یکی دو قیاس تنباکوپاره کرده بود از گوشه‌ی دکان می‌آورد و جلوی چشم صابر می‌گرفت.

«این چیه؟»

انگشت لاغر و لرزان ملا با آن ناخن زمخت و نافرمی که رویش بود نشست زیر یک کلمه که وسطش...

«با.» صابر گفت.

شکل کلمه را حفظ کرده بود، البته سر و تهش را نمی‌دانست که اگر می‌دانست می‌گفت بیابان.

ملاعلی مداد نصفه‌ای را به او داد و گفت: «دور هرچی 'با' دیدی خط بکش.» مداد بوی تنباکو و عرق کف دست می‌داد و روی تنش، تیزی دندان‌های صابر نقش بسته بود.

باغبان به پهلوی چپ غلتی زد و پشت به بخاری هیزمی کرد. حالا دیگر نور حجم اتاق را پر کرده بود. تکه‌های شکسته‌ی شیشه، روی تاقچه‌ی جلوی پنجره و زمین، نور را لای چندل‌های' سرخ سقف گیر انداخته بودند. رشمیزتن چندل‌ها را سوراخ کرده بود، درست مثل مدادی که با نیش یک پسربچه زخم برداشته باشد. باغبان دیگر نمی‌لرزید. از هول و وَلای دیشب ته دلش تنها یک انگیزه مانده بود برای فهمیدن. یک چیزی شبیه مداد که خط بیندازد و نامرئی‌ها را مرئی کند.

مراد وحشت‌زده به او نگاه می‌کرد. ترس به چشمانش نشسته بود. رنگ به رخسار نداشت. آب دهانش را که قورت می‌داد از ته گلویش صدای غریبی می‌آمد. به خاطر زبانِ نصفه‌اش بود. باغبان نگاهی به او انداخت. لبخند زد. مراد نخندید. بُغ کرد. می‌ترسید. قهوه‌چی از دور آن‌ها را نظاره می‌کرد. می‌فهمید کار باغبان بی‌ثمر است. ولی باغبان اصرار

---

۱ درخت بومی افریقا که از چوب آن برای ساختن سقف خانه‌ها در جنوب کشور استفاده می‌شود.

داشت. نگاه مراد هراسان بود. صدای دلش با نفس‌هایش خلط شده بود. به‌خیالش باغبان می‌خواهد او را برای کارگری باغ ببرد. او نمی‌خواست. فکر باغ عذابش می‌داد. ته دلش هول‌وَلایی بود. معنی کارهای باغبان را نمی‌فهمید. باغبان دست به جیب برد و مداد نیمه و کاغذی را درآورد. حالا نوبت او بود که مثل ملاعلی دور کلمه‌ها را خط بکشد. مداد را بر دل کاغذ کاهی گذاشت. بعد کاسه‌ی آبی را آورد و گذاشت روبه‌روی مراد. مراد گیج شده بود. باغبان دست مراد را که قفل شده بود گوشه‌ی نمد زیرپایش کشید. مراد نمی‌خواست. باغبان اصرار کرد. اول انگشتانش را نوازش داد. نرم که شد، دستش را آرام گرفت و با یک لبخند به چشمانش خیره شد. کمی گذشت. ترس مراد کم شد و نبضش آرام گرفت. آرنج شل کرد و دست به باغبان سپرد. باغبان با مهربانی انگشت‌های استخوانی و کبود مراد را در کاسه‌ی آب فرو برد. آب سرد بود. در آن هوای داغ، انگشت‌های مراد مثل ریشه‌های گرمازده، رطوبت را بالا می‌کشیدند. حسابی که سیراب شدند، باغبان مداد را برداشت و روی دل کاهی کاغذ نوشت: آب.

آبی که پای درخت‌ها انداخته بود، آرام، تن باریک نهرها را پر می‌کرد و پیش می‌آمد و دور تنه‌ی درخت‌ها حلقه می‌زد. باغبان صدای پای آب را می‌شنید. با اینکه مثل هرروز نگاهش از لای ترک دیوار قبرستان دزدکی تورفته بود، ولی می‌توانست بفهمد که آب تا کدام تنه‌ی سیب پیش آمده است.

کاش مراد می‌توانست. ولی انگار مغزش نم برداشته بود و کپک زده بود. شاید هم نمی‌خواست یاد بگیرد. به‌هرحال فرقی نمی‌کرد.

نگاه باغبان به دلوی[1] افتاد که بغل چاه غسالخانه بود. یادش بود که دیروز دلو یك‌وری افتاده بود، ولی حالا سرپاست. قبلاً هم برعکسش را دیده بود.

برایش حکایت غریبی بود. از هیچ‌کس نشنیده بود ولی همه می‌گفتند. مادرها در لالایی‌هایشان، پیرمردها در خاطراتشان، حتی وقت خواستگارآمدن و خواستگاری‌رفتن. سی سالی می‌شد که عین یك طلسم نشسته بود روی همه‌ی باورها.

قصه‌ی عبدی قصه نبود. می‌گفتند روحش نفرین کرد که جیران گم شد.

غروب بود. می‌خواست برای چندمین بار درِ خانه را بزند. این بار لباس نوبه تن کرد و بقچه‌ای به رسم پیشکش آورد. کَس‌وکاری نداشت. تنها دلخوشی‌اش به این دختربود. عشق نورسی نبود. از بچگی به هم دل داده بودند.

جیران نُه‌ساله بود وقتی عبدی برای گرفتن زنبیل او از آب، به رودخانه پرید و شدت آب او را با خود برد و جیران هم گریان به دنبالش دوید تا بغلِ یك پاره‌سنگ پیدایش کرد.

زن‌بابای جیران آزارش می‌داد. این را همه می‌دانستند. عبدی هم بارها صدای گریه‌ی جیران را از پشت دیوار خانه شنیده بود. بعضی‌ها می‌گفتند از بدقدمی جیران مادرش سرِزا[2] رفت. زن‌بابایش تلافی همه‌ی بدبختی‌های

---

۱ ظرفی که به وسیله‌ی آن از چاه آب می‌کشند و بیشتر مواقع از چرم ساخته شده است.

۲ موقع زایمان

زندگی‌اش، از بدخلقی و نشئگی و نداری شوهر گرفته تا اجاق‌کوری خودش، را تقصیر او می‌دانست و کتکش می‌زد. عبدی دلش می سوخت و به همین خاطر خودش را به آب انداخت.

شاخه‌های خشك درخت‌ها و تیزی سنگ‌های بغل رودخانه دست و پایش را زخم کرده بودند. جیران روسری سرخش را از سر درآورد و با دندان پاره کرد و زخم‌های او را بست. چشم عبدی مانده بود در پیچ‌وتاب زلف سیاه جیران که در باد می‌رقصید. گونه‌های خشکی‌زده‌اش گل انداخته بود و رد سیاهیِ جای اشك و چرك کف دستش روی آن جا مانده بود. جیران نگاه عبدی را نمی‌دید. که اگر می‌دید خجالت می‌کشید. نگاهش به زخمی بود به رنگ روسری‌اش که خون بند نمی‌کرد. خودش هم انگار دردش گرفته باشد، لب می‌گزید و آخی‌ای ته حلقش سُر می‌خورد. عبدی با اینکه سیزده سالش بود، دلش او را می‌خواست. جیران که سر برآورد و با لبخند نگاهی به عبدی انداخت، انگار بند دل عبدی پاره شد.

بچه‌ها سنگش می‌زدند. مش قاسم گله‌اش را به او نمی‌داد. ننه‌عباس هم که گاهی آب و نانش می‌داد و حکم دایه‌اش را داشت، از او می‌ترسید. چرایش را نمی‌دانست. تنها دلخوشی‌اش به نیمه‌شب‌هایی بود که جیران یواشکی به پشت بام می‌آمد و با او که مثل سگ پاسوخته زیر دیوار بی‌تابی می‌کرد حرف می‌زد، آرامَش می‌کرد و لقمه‌ی شامش را به او می‌داد.

دیگر طاقت نداشت. چند روزی می‌شد که از جیران خبری نبود. دلش شور می‌زد. بابای جیران غدغن کرده بود که دوروبَرِ خانه‌ی آن‌ها پیدایش

شود. از کتک‌خوردن نمی‌ترسید. بار اولش نبود. نفس عمیقی کشید. حواسش بود که جای پایش را روی زمین محکم کند. یاد گرفته بود چطور بایستد که پس‌گردنی‌های بابای جیران تعادل او را به هم نزنند. می‌دانست که او چپ‌دست است و باید بیشتر مراقب گوش راستش باشد. در زد.

صدای پایی از پشت در آمد. برای لحظه‌ای قطع شد. فکر کرد: «حتماً رفته چماق برداره.» باز صدا آمد. این بار تنها نبود. چند تا پا بودند. قلبش داشت از حلقش بیرون می‌زد. جوری ایستاده بود که با بازشدن در بتواند اتاق جیران را ببیند. غافل از اینکه جیران توی انباری حبس بود. کلون پشت در که کشیده شد، انگار به دل عبدی چنگ انداختند. خودش را جمع‌وجور کرد. در که باز شد، هیکل درشت پدر جیران و دایی‌هایش جلوی نگاه او را بست. بدجور عصبانی بودند. چشمانشان به خون نشسته بود و با چوب و چماق به او نزدیک می‌شدند. زن‌بابا آتشی بینشان انداخته بود. معلوم نبود چه گفته که این‌طور رگ غیرتشان بیرون زده است.

عبدی تکان نخورد. فحش خورد. داخل حیاط را دید زد. هیچ اثری از جیران نبود جز ردیف به ردیف رخت‌های خیس که روی طناب وسط حیاط باد می‌خوردند و بوی غذایی که از مطبخ می‌آمد. تمام فکرش جیران بود. این‌قدر که نفهمید کِی اولین ضربه را خورد و دنیایش تیره و تار شد.

آسمان می‌غرید و می‌بارید و سیاهی شب، پر از صدای مردانی بود که به قصد کُشت دنبالش بودند. تنش درد می‌کرد. سمت راست سرش داغ شده بود. انگار توی جمجمه‌اش سرب می‌سوزاندند که حرارتش با لخته‌های خون از گوش و حلقش بیرون می‌زد. دیگر توان گریختن نداشت. سایه به سایه‌ی درخت‌ها خود را کشاند تا به دیوار قبرستان رسید. به‌سختی

از آن بالا رفت. کمرش را به دیوار خیس و نمدار چسباند. قفسه‌سینه‌اش به‌شدت درد می‌کرد. سرما لرزش را به استخوان‌های شکسته‌اش ریخته بود. وجودش پر از بغض و نفرت بود. دیوانه شده بود. آسمان نعره می‌کشید. او هم نعره می‌کشید. داد می‌زد و گریه می‌کرد و صدایش در طوفان گم می‌شد. تا صبح همین بساط بود. بابای جیران و بقیه، ناامید از یافتن او به خانه برگشتند. بدجوری عبدی را زده بودند. یقین داشتند کارش تمام است. می‌خواستند نعشش را پیدا کنند که نشد.

باغبان از دیوار قبرستان بالا رفت. شب چهاردهم بود و ابر روی ماه را پوشانده بود. سیاهی بر دل قبرستان سنگینی می‌کرد. درختچه‌های خشک و درختان پیر با شکم‌های برآمده اطرافش را گرفته بودند. قدم به قدمش قبر بود و سنگ و کلوخ و چاله‌هایی که تا دل زمین فرو رفته بود.

هنوز مثل همیشه درِ چوبیِ غسالخانه، بی‌روغن و سخت، بر لولای زنگ‌زده‌اش می‌جنبید. بارها از شکاف دیوار چیزهای عجیبی را دیده بود که با حرف و حدیث اهل آبادی راجع به جن و ارواح جور درنمی‌آمد.

یکی دو بار یواشکی تا درِ غسالخانه آمده بود ولی ترس دست و پایش را شل کرده و برش گردانده بود. امشب دیگر می‌خواست کار را یکسره کند. به خودش جرئت داد و دستی به کمرش برد و تبر را لمس کرد.

قبرهای چندوجبی اطرافش را گرفته بودند. آرام قدم برداشت. از آخرین باری که مراد بیدارشان کرده بود، دو سالی می‌گذشت. ولی حالا خوابِ خواب بودند. او حتی می‌توانست صدای مکیدن انگشتانشان را هم بشنود.

درحالی‌که نگاهش لابه‌لای سنگ‌ها راه را می‌جست، به چاه رسید. یاد آب همیشه او را آرام می‌کرد. لب چاه رفت. زانو زد. می‌خواست بفهمد زنده است یا نه. سنگی را برداشت و در چاه انداخت. سنگ به کف چاه نرسیده لای موج‌های کوچک گم شد. دلش آرام گرفت. آب همیشه هوای او را داشت. حتی باران وقتی که نمی‌آمد و او چشم به آسمان می‌دوخت و دل به دریا می‌سپرد و... همین ابر می‌شد و می‌چکید.

امشب باید کار را تمام می‌کرد. با خودش عهد کرده بود. با مراد و معصومه، با وحشت همه‌ی اهل آبادی، با ترسی که به دل باغش افتاده بود... باید تمامش می‌کرد. به سمت غسالخانه رفت. با چاه فاصله‌ای نداشت. به‌قدر هفت قدم. جلو رفت. درِ خسته‌ی غسالخانه که سالیانی بر پاشنه‌ای رشمیززده ایستاده بود با ناله باز شد. باغبان چند بار باز و بسته‌شدن این در را دیده بود، یا نور نازکی که در حد یک نفس می‌آمد و می‌رفت.

می‌ترسید. به‌قدر تمام عمرش. دلش می‌خواست برگردد. ولی اگر به دل بود، به دلِ آرامی نمی‌رسید. داخل شد. پر از ظلمت بود. نفسش سنگین شد و بالا نیامد. کورمال شمع و کبریتی را از جیب درآورد و روشن کرد. نور که دل سیاهی را جر داد، تخت سنگی که نه از سنگ بود و از ساروج بود، صاف به چشمش نشست. تخت، تن سیاه کرده بود و زخم برداشته بود و تن مُرده می‌طلبید. حال غریبی داشت. انگار می‌دید تن خودش را که برهنه روی سنگ سرد رها شده بود. سرمای زننده‌ای که حجم اتاق را پر کرده بود، سوز به استخوان‌هایش می‌نشاند. به زنده‌بودن خودش شک کرد. دستی بر سینه نهاد. به‌زور می‌توانست تپیدن قلبش را احساس کند. نور کم‌رنگ شمع

پهن شده بود توی صحن غسالخانه. دور تخت، جوی باریکی بود که عمق کوتاهش پر بود از خاك و خاشاك و پَرِ پرنده‌هایی که زمستان از سرما به آن پناه می‌بردند و گلوله‌های پوسیده‌ی مو که شاید از تن مُرده‌ها کنده شده بود. دلو سیاه چرمی گوشه‌ای افتاده بود و بسته‌های سدر و کافور بیدزده، توی نیمدر، بغل کفن‌هایی که هفت کفن پوسانده بودند، نشسته بود. زیر نیمدر، نیمکتی بود که معمولا فامیل میت روی آن می‌نشستند و خودشان را از مرگ تبرئه می‌کردند. شانه‌ی چوبی دندانه‌شکسته و لیف چرکی برلبه‌ی تخت سنگی رها شده بود و تکه‌صابونی که حالا دیگر مثل یك تکه‌چوب خشك شده بود و روی شکم لیف چسبیده بود.

خیلی سال بود که کسی را اینجا نخوابانده بودند. زمین قبرستان مار زاییده بود و خاکش از مرده اشباع شده بود. گذاشته بودند که استخوان‌ها بپوسد و قبرها پوك شود تا اینجا را صاف کنند و در آن چیز دیگری بکارند. که زمینش گرم بود و خوب به بار می‌نشست. شاید این جوری هول و هراس هم از دل آبادی می‌رفت.

صدای خش‌خش نازکی تو ظلمت سرید. قدمی جلو نهاد. نسیمی که از حرکت او جان گرفته بود، نور شمع را لرزاند. چیزی لای برگ‌های خشکیده کنار تخت سنگی می‌جنبید. او نمی‌دید. جلوتر رفت و نور را نزدیك برد. موش پیری که به تاریکی عادت داشت وحشت‌زده از زیر برگ‌ها بیرون پرید و درحالی‌که گیج بود خودش را توی سیاهی پشت تخت سنگی گم کرد. باغبان رد او را گرفت. ولی پشت تخت، جزیك تکه‌حلبی که سرپوش چاله‌ای از تاریکی بود چیزی ندید. نشست. با احتیاط حلبی را لمس کرد. سرد بود. آن را کنار زد. تاریکی بیرون ریخت. نور کم‌سوی شمع

دهانه‌ی دالانی را که به دریچه چسبیده بود پر کرد و از پله‌های باریک گلی به پایین سرازیر شد. باغبان بین ماندن و رفتن مردد بود. به نیت رفتن آمده بود. می‌خواست تا تهش برود. تا ته آن‌همه ظلمت و تاریکی. باور داشت جواب همه‌ی چیزهایی را که نمی‌داند آنجاست. باید باور خودش را باور می‌کرد. باید می‌رفت. قدم در پله‌ی اول گذاشت. پله‌ی دوم. نم سردی لای انگشت‌های پایش نفوذ کرد. چندشش شد. باید پله‌ها را می‌شمارد. پله‌ی چهارم. پنجم. کورانی که از ته دالان راه افتاده بود، شعله را خاموش کرد. انگار بند دل باغبان پاره شد. دست به دیوار گرفت و آرام قدم برداشت. زیر انگشت‌هایش ریشه‌های خشکیده‌ی درختان را لمس می‌کرد که تن سیخ کرده بودند و از گوشه و کنار دیوار بیرون زده بودند. بعضی جاها تکه‌های صاف و نوک‌تیزی به انگشتش می‌نشست. نمی‌خواست فکر کند که استخوان پوسیده‌ی اموات است. دالان پیچید. او هم پیچید. بوی گوشت کباب‌شده فضا را پر کرده بود. نم و رطوبت و بوی تعفنی شبیه فضله‌ی آدمیزاد می‌آمد. باغبان حکم میت بلاتکلیفی را داشت که بین دو دنیا گیر کرده باشد. حال خودش نبود. دلش شور می‌زد و واپس می‌زد و پا پیش نمی‌رفت. ولی او می‌خواست برود. می‌خواست تمامش کند. دستانش به زبری دیوار کشیده می‌شد و دامن تاریکی را گرفته بود و بند کرده بود به بوی کباب و به آن سمت می‌رفت. به انتهای دالان رسید. شمرده بود. به‌قدر هفده قدم. دالان به دخمه‌ای منتهی می‌شد. پشت دیوار پناه گرفت. سر سراند و سرکی کشید. شیارهای نور آبی‌رنگ مهتاب مثل فرش دستبافی وسط دخمه پهن بود. نگاهی به بالا انداخت. گوشه‌ای از سقف دهان باز کرده بود و ماه شب چهارده را در قاب نیلی آسمان نشان می‌داد. این‌سوتر

آتشی روشن بود و نور نازکی از دل شعله های آن، مثل نفس محتضر، می آمد و می رفت. انگار کسی آنجا نبود. سکوت سنگین و نحسی نشسته بود. باغبان حکایت عبدی را شنیده بود. قصه‌ی جن و پری را هم شنیده بود. انگشتر «یا جلالش» را بوسید. باز نگاهی انداخت. مرغی روی شعله کبود می شد. نورِ آتش، دمدمی‌مزاج روشنی می داد.

جسد چند کبوتر چاهی که به میخ دیوار آویزان شده بودند به چشمش نشست. کفترها بال شل کرده بودند و گردن کشیده و سرسپرده بودند به تقدیر.

بغل کفترها، روی دیوار، انبر و قیچی و تیشه آویزان بود. لکه‌های کبود خون، زیر این ابزار به تن دیوار نشسته بود. زیر آن‌ها هم خمره‌ای گذاشته شده بود، با شکمی نمور و شوره‌زده، کاسه‌ای حلبی و چند تکه پارچه‌ی سفید که به ریشه‌های سردرآورده از دیوار آویزان بود. باغبان در هر بار جان‌گرفتن شعله می‌توانست یکی از این چیزها را ببیند. فکرش درد می‌کرد. کلافه بود. بوی خون و فضله و دود آزارش می‌داد. باز نگاهش به کفترهای وارونه افتاد. یکی از آن‌ها زخمی شده بود و قطره‌خونی آرام از سینه‌اش سُر خورده بود و رسیده بود به سرش و به تیزی نوکش و آنجا جمع شده بود و غلیظ شده بود و کشیده شده بود به سمت پایین. و باغبان دید که با چه سماجتی زمین این قطره‌خون را به طرف خودش می‌کشد. قطره‌خون کشدار از تیزیِ نوك کنده شد و، آرام، روی شکم شوره‌زده‌ی خمره افتاد.

باغبان حالش به هم ریخت. حسش بالاآوردن بود. نفسش، نفسش را برید. چشمانش سیاهی رفت و صدای سوتی توی سرش پیچید. چشمانش را بست و سر به دیوار نهاد. خودش هم نفهمید چه شده. آدم ترسویی نبود

که خون یك کفتر زانوهایش را شل کند. آخرین باری که این‌جوری شد، وقتی بود که آمیرزا قاصدی پی‌اش فرستاد...

هوا گرم بود. او خسته از کار، آبی بر سر و سینه پاشیده بود و زیر سایه‌ی درختی دراز کشیده بود. درِ باغ باز بود. بچه‌ای هراسان وارد شد و او را صدا زد. باغبان از جا پرید. بچه شبیه همانی بود که یك بار جلوی خانه‌ی میرزا دست در دماغش کرده بود و سیب گرفته بود.

«چه‌ته؟! سرآورده‌ای؟!» باغبان با تشر گفت.

بچه که نفسش گیر کرده بود داد زد: «آمیرزا گفت، حکیم ببری...»

باغبان نعلینش را به پا کرد و دوید.

حکیم مالِ آبادیِ بالا بود. پیدایش کرد و آورد درِ خانه‌ی میرزا. آمیرزا نگران روی سکوی بغل در نشسته بود و ترس تنش را می‌لرزاند. حکیم داخل شد. زنی او را به اتاق رعنا برد. صدای فریادها و ناله‌های رعنا حیاط را پر کرده بود و آمیرزا همپای رعنا درد میکشید در هم می‌شکست. باغبان کنار میرزا روی زمین زانو زد. دستان لرزان پیرمرد را گرفت. نگاهش را از شیشه‌ی ضخیم عینك ذره‌بینی گذراند. چشمان آمیرزا خیس بود و نفسش داغ.

باغبان می‌ترسید بپرسد. پرسید: «چی شده آقا؟»

آمیرزا که انگار شانه‌ای می‌خواست سر روی آن بگذارد گذاشت و زار زد.

«آمیرزا، تو رو خدا...»

آمیرزا نمی‌توانست آرام بگیرد. تنش مثل بید می‌لرزید. هق‌هقش با

ناله‌ی رعنا خلط[1] شده بود. دنیایش داشت خراب می‌شد. باغبان کلافه بود. سبب درد رعنا را نمی‌فهمید. در خیال خودش منتظر بود باغ به بار بنشیند و حرف دلش را که به هیچ‌کس نگفته بود به میرزا بگوید.

«به‌خیر گذشت، آمیرزا... دختره...» زن همسایه لای در را باز کرد و با خوشحالی گفت و رفت.

آمیرزا که این را شنید، سربلند کرد. زن رفته بود. دیگر صدای ناله‌ی رعنا نمی‌آمد. سکوتی کل حیاط را پر کرده بود. از لحن زن معلوم بود که هردو سالم‌اند. باغبان آنجا بود که بخار کرد و کبود شد و نفسش بند آمد. چشمانش سیاهی رفت و سوتی در مغزش پیچید و دیگر چیزی نفهمید.

حالا که فکرش را می‌کرد، از خودش خجالت می‌کشید. به‌گمانش رعنا دختر آمیرزاست. آمیرزا دل نداشت از حبیبش حرف بزند. باغبان هم تا آخرش نفهمید که رعنا زن حبیب است.

باغبان چشم باز کرد. دود کباب حالا تا دالان پیش آمده بود. صدای کشیده‌شدن چیزی بر زمین آمد. باغبان از کنار دیوار نگاهی انداخت. از آن‌سوی دخمه، هیبت مردی پیدا شد که صندلی چوبی‌ای را بر زمین می‌کشید. صندلی سایه‌ی سنگینی داشت. انگار کسی روی آن نشسته بود. باغبان نفهمید چرا متوجه آن‌ها نشده. شاید توی تیرگی کنج دیوار بودند و یا شاید هم ته دخمه به جایی دیگر باز می‌شد. مرد صندلی چوبی را تا وسط قرص نور کشاند. نور مهتاب، که از پارگی سقف به داخل می‌ریخت، حالا

۱ مخلوط

تمام وجود زن را پوشانده بود. مرد کاسه‌ای آب و تکه‌پارچه‌ای آورد و کنار زن زانو زد. نگاه زن گم بود و بی‌حرکت. ناکجایی را می‌دید. مرد با عشق به صورت مات او خیره شد. موهای ژولیده‌ای که چهره‌ی پیسی‌زده‌ی زن را پوشانده بود کنار زد. زن هنوز نبود. مرد با پارچه‌ی خیس صورت او را شست و برزانویش بوسه‌ای نهاد و به سمت شعله‌ی آتش برگشت. باغبان در سیاهی، پناه گرفت. مرد کنار شعله نشست و مرغ لای آتش را کمی چرخاند.

باغبان نگاهی به زن انداخت. قامت لاغر و تکیده‌ی زن در لباس کهنه‌ای پیچیده شده بود. از پارگیهای لباسش پهلو و رانش دیده میشد. پوستش عین میت سفید شده بود و روی برجستگی گونه‌هایش، که حجم برآمده‌ای از استخوان بود، لك پیسی نشسته بود. سفیدی زننده‌ای که زیر پوستش ریشه دوانده بود از گوشه‌ی لب و کنار چشمانش شروع شده بود و رگه‌هایش تمام تن او را می‌پوشاند. موهای سیاه و سفیدش مثل قابی حجم صورتش را در برگرفته بود.

زن هنوز گم بود.

مرد کنار آتش نشسته بود و باغبان در نور شعله‌ها او را می‌دید.

«شاید عبدیه.» باغبان فکر کرد.

او می‌توانست در هاله‌ی پریشان آتش جای شکستگی سرش را که حالا مونداشت و ورمش تا شقیقه‌هایش کشیده شده بود ببیند. می‌گفتند بدضربه‌ای به سرش خورده. دایی ناتنی جیران می‌گفت. می‌گفت: «همچین چوب رو کوبوندم تو سرش که صدای شکستن جمجمه‌ش رو شنیدم.» آدم ساده‌ای بود، وگرنه این حرف‌ها را نمی‌زد.

مرد سر چرخاند و نگاهی به زن انداخت. از حالت نگاهش معلوم بود که چشم راستش هم کور شده. بعد تکه‌رانی را از مرغ کند و به طرف زن رفت.

«حتماً عبدیه... اون هم جیرانه. هیچ‌کس جسدش رو پیدا نکرد.» باغبان به خودش گفت.

عبدی کنار صندلی جیران زانو زد. با عشق به صورت مات او نگاه کرد و با مهربانی ران کبابی را نزدیك لب‌های او برد. جیران مثل ماهیِ از آب بیرون افتاده لبانش را به بدن گوشت چسباند و آهسته مك زد.

«پس شیطان و روح بچه‌ها و اجنه که می‌گن، اینه؟»

باغبان در خیالش به مردم آبادی فحش می‌داد.

«شیطونش کردن... از مردم خیری ندیده بود که شری نرسونه... حق داره آدم می‌کشه.»

عبدی خندید. راضی بود. انگار همه‌ی دنیا را به او داده بودند. لب‌های زن که از حرکت ایستاد عبدی اضافه‌ی گوشت را خورد و استخوان را به سویی پرت کرد. بعد با پارچه‌ی نمدار صورت زن را تمیز کرد و سر بر زانوی او گذاشت.

اشك باغبان درآمده بود. «عشق تاول دله. اگه بهش نیشتر بزنن، می‌کُشه. باید باهاش مدارا کرد. بد کردن.»

عبدی چشم چپش را بر هم نهاد و با دست‌های سیاه و زمختش، از پارگی پیراهن، ران جیران را نوازش داد و بوسید. جیران هنوز گم بود. نفس عبدی عمیق و کشدار می‌شد. انگار می‌خواست قالب تهی کند. اشك راه نگاه باغبان بست و نفهمید...

نفهمید کِی عبدی او را دید و مَنتیل[1]ی برداشت و کوبید به سرش و در همان نیمه‌شب، جسدش را برد و انداخت جلوی باغ.

پایان

۱ دیلم